VRIJ WORDEN

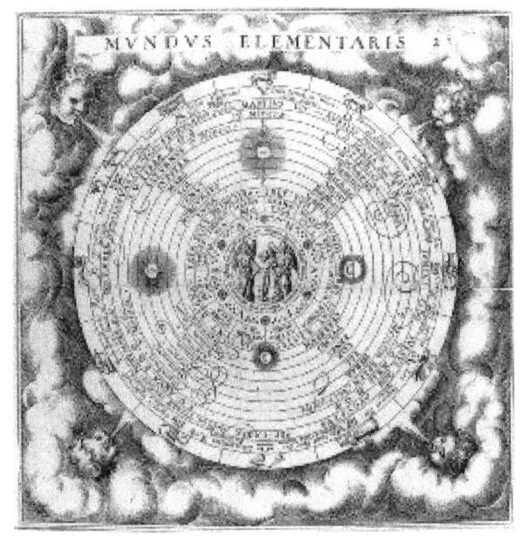

EEN VERHAAL DOOR

JAN PRINS

www.janprins.com

Dit boek is pure fictie, het valt onder het z.g.n. faction genre.
Voorzover de beschreven gebeurtenissen de werkelijkheid benaderen
berust dit op louter toeval en heeft dit niet de pretentie of het doel die
werkelijkheid te beschrijven en/of weer te geven.

Colofon:

Druk: januari 2010

Uitgever: Jan Prins
© 2010 Jan Prins

ISBN / EAN: 978-90-815157-1-9 (gebonden boek)
ISBN / EAN: 978-90-815157-2-6 (E-book)
NUR: 303

INHOUD

Opgedragen aan onze kleinkinderen Demi en Milan.

Hij die tijdens het leven sterft,
zal de dood niet smaken...

PROLOOG

De laatste jaren worden we steeds opnieuw geconfronteerd met berichten over de toenemende vergrijzing en de gevaren die daarvan uitgaan voor onze samenleving in de toekomst.

Was er eerder nog sprake van respect voor de oudere en dankbaarheid voor wat zij hadden opgebouwd, nu is er sprake van huiver en de jongeren dreigen voor de kosten van de vergrijzing niet meer te willen betalen.

De leeftijd om in aanmerking te komen voor de AOW is verhoogd en de jongeren moeten een hoge prijs betalen omdat ze niet meer met de VUT kunnen en later met pensioen zullen gaan.

In de vakanties valt het steeds meer op dat er een toenemend aantal ouderen zijn, er wordt niet voor niets gesproken over de Grijze Golf. En het aantal serviceflats, verzorgingshuizen en verpleeghuizen neemt in aantal steeds meer toe.

Als we dit zien, dienen we ons echter te realiseren dat ze onze voorgangers zijn, dat ook wij daar later zullen wonen. Dat het mensen zijn met elk een eigen verhaal, een eigen geschiedenis.

In dit boek willen we u deelgenoot maken van een deel van deze geschiedenissen door middel van het beschrijven van het leven van Opa Jan.

Hij woont met zijn vrouw in het Rosa Spier Huis in Laren, waar hij zijn laatste levensjaren in relatieve rust doorbrengt. Hij krijgt daar bezoek van zijn zoon, zijn kleindochter en ook zijn pleegdochter laat zich regelmatig zien.

En daar wordt hij ook periodiek bezocht door zijn voormalige secretaresse An. Ze kennen elkaar al heel lang en zijn elkaar al die jaren blijven opzoeken en nu Opa Jan wat minder mobiel is, komt ze trouw op bezoek en ze neemt hem vaak mee voor een autoritje of een bezoekje elders.

Omdat zijn geheugen wat minder wordt heeft An de gewoonte om veel plaatsen op te zoeken die voor Opa Jan een speciale betekenis hebben gehad. Op die wijze probeert ze zijn hersenen weer wat te activeren.

Zo komt ze op een bijzondere wijze achter zijn levensverhaal, alhoewel de fantasie van Opa Jan wel erg groot is en daardoor hebben veel zaken wel een heel bijzondere invulling en aanvulling. Het lijkt soms wel een "Curriculum Illusione".

Samen met An gaan we deze Tocht door het Leven van Opa Jan, met als devies

"Doe wel en zie niet om".

DECOR

Het leven speelt zich af tegen een decor van waar wij wonen en werken, dat lijkt een open deur maar is essentieel voor de beleving die we hebben en de herinnering daaraan.

Opa Jan woont, zoals gezegd, in het Rosa Spier Huis in Laren, het is een woon- en werkcentrum voor (ex) kunstenaars en wetenschappers. De gezondheidstoestand van zijn echtgenote is helaas wat minder geworden.

Het idee voor een 'veilige haven voor oudere kunstenaars' was afkomstig van de harpiste Rosa Spier De bedoeling van het huis is het mogelijk te maken voor oudere kunstenaars om hun energie te blijven stoppen in hun werk en hun persoonlijke verzorging over te laten aan anderen. In 1963 richtte Henriëtte Polak de Rosa Spier Stichting op die de bouw van het huis uiteindelijk mogelijk maakte.

Onder de (oud) bewoners zijn veel bekende namen zoals Paul Biegel, Escher, John Kraaijkamp Sr., Ton Lensink en Marten Toonder, om er maar een paar te noemen.

Voor kunstenaars en wetenschappers is het kunnen blijven uitoefenen van het eigen vak een voorwaarde om op een gelukkige en evenwichtige manier oud te worden. Het Rosa Spier Huis biedt daartoe de mogelijkheid.

Het Huis heeft de officiële status van verzorgingshuis, maar met de bijzondere doelgroep van kunstenaars en (aan kunst gerelateerde) wetenschappers.

Er is een scala aan faciliteiten en ruimten die in een gewoon verzorgingshuis niet aanwezig zijn. Ateliers, muziekstudio's, werkkamers, bibliotheken, een concertzaal en een tentoonstellingsruimte bieden extra mogelijkheden aan de bewoners.

Bernard Haitink beschrijft het huis aldus: *Het Rosa Spier Huis is een begrip in Nederland. Men associeert het met oudere kunstenaars en natuurlijk ligt zo'n Huis in Laren, dat als schildersdorp al een reputatie heeft. Hoeveel 'meer of minder bekende' kunstenaars hier gewoond hebben, hoe weldadig het is om in een cultureel klimaat te kunnen leven en werken, dit alles ontdekt ieder die de kans krijgt om het Rosa Spier Huis van dichterbij mee te maken. Muziek neemt een centrale plaats in bij de evenementen in het Rosa Spier Huis. De concertzaal is groot genoeg om naast de bewoners ook belangstellenden uit de omgeving te ontvangen. De lijst van musici en ensembles die hier hebben gespeeld, vormt een stuk muziekhistorie op zichzelf en kan gezien worden als een voortdurende hommage aan de inwonende oudere garde. Het is belangrijk dat dit Huis bestaat. Het verdient de sympathie en steun van allen, die de Nederlandse kunstenaars en wetenschappers een productieve en zinvolle ouderdom gunnen.*

An was heel verbaasd toen ze de verhuiskaart van Opa Jan ontving. Ze kende hem al heel lang sinds de tijd dat ze collega`s waren op het Medisch Centrum Berg en Bosch in Bilthoven. Ze hadden altijd contact gehouden en zo kwam het dat ze hem op zijn nieuwe stek ging opzoeken.

Toen het geestelijk wat minder met Opa ging besloot ze wat hem op pad te gaan naar plekken in het land waar hij een speciale herinnering aan had, dit met het doel zijn geest te prikkelen met herinneringen.

Op deze prachtige lentedag had ze gekozen voor een bezoek aan de voormalige woon- en werkplaatsen van Opa Jan. Met de rolstoel werd hij naar de parkeerplaats gereden en in de Smart geplaatst.

Na elk een sigaartje te hebben opgestoken werd de reis begonnen; dat sigaartje was traditie en ook de band die hen bond vanaf hun eerste kennismaking, toen ze alweer lang geleden zijn secretaresse werd.

Elke werkdag werd dan namelijk begonnen met de post door te nemen, met een sigaartje en een kop sterke koffie; het leven werd dan besproken, de brieven gedicteerd en afspraken voor die dag doorgenomen. Een mooier begin was niet denkbaar.

Ze gingen dus op weg, allereerst naar Amsterdam waar Opa Jan was geboren op een flatje drie hoog in Oud West. Toendertijd was het de rand van de stad, nu keek je over Osdorp heen, een stad op zich. Als het al een aardige buurt was geweest, dan deed het nu erg zijn best dat te verbergen.

De neerslachtigheid droop namelijk van de gebouwen af, de straten waren vies, de bevolking deed erg zijn best er crimineel uit te zien en de daklozen keken je van onder de kranten argwanend aan.

Ondanks aandringen van An kon Opa Jan zich niets meer herinneren van zijn geboortejaren, alleen wist hij zich het verhaal van zijn moeder te herinneren dat hij gek was op draaiorgels en dat ze, als hij vervelend was, met hem achter die draaiorgels aan liep om hem stil te krijgen. Op een van die tochten werd de kinderwagen waar hij in lag haast overreden door een vuilnisauto !

Verder wist hij ineens dat hij nog een paar jaar als HEAD (hoofd economische en financiële dienst) had gewerkt in Slotervaart, in een groot verpleeghuis annex verzorgings-huis met serviceflats.

Dat was vlakbij, dus daar werd koers naar gezet.

Het bestond nog steeds ! En er woonden nog steeds zevenhonderd bewoners in De Drie Hoven. De medewerkers hadden indertijd wel veertig nationaliteiten en dat was nu niet anders. Het was een heel bijzonder huis waar helaas intriges hoogtij vierden, mede door de homo scène onder directie en de medewerkers.

Er leek wel niets veranderd, er waren weer bewoners aan het vissen in de vijver en het draaiorgel speelde weer zijn Amsterdamse muziek. Eenmaal binnen bleek er een optreden van een zanger uit de Jordaan, die optrad als dankbetoon voor de goede verzorging van een bekende zangeres uit de Jordaan. Daarna trad een vuurspuwer op; gelukkig ging het brandalarm niet af ! En daarna werden we verrast met het optreden van een buikdanseres. Het was net als toen en Opa Jan genoot.

Na dit spetterende optreden werd een afzakkertje genomen in het Jordaanse Café dat in het huis nagebouwd was. Het was een gemêleerd publiek, er was zelfs een bewoner die een sardineblikje als asbak aan zijn rolstoel had bevestigd ! Na nog even gekeken te hebben aan de Leestafel, waar de slechtzienden werden voorgelezen, werd er met weemoed afscheid genomen en koers gezet naar het Centrum van Amsterdam.

Onderweg borrelden nog wat herinneringen aan de Amsterdamse periode op: de Bijlmerramp, de kerstdiners met de bewoners, de onderhandelingen met de Gemeente en de verhuurder van het gebouw, kortom de hersens begonnen weer te werken.

In het Centrum aangekomen werd er eerst geluncht in de Rode Leeuw op het Damrak, vervolgens werd er via de Kalverstraat naar het Begijnhof gelopen. Ze troffen het: de Engelse Kerk was open en de middagdienst zou net beginnen. Ze konden het niet laten onder het gehoor plaats te nemen.

De referee hield een prachtige preek onder de titel *"Beyond the Graves"* en het prachtige orgel klonk als vanouds. De bekende Engelse hymnen werden gespeeld zoals The Banner of the Cross, Nearer to Me en natuurlijk Land of Hope and Glory.

Opa was in zijn jonge jaren met zijn oom hier regelmatig geweest en als hij in de stad was dan ging hij altijd langs, hij was altijd al erg geboeid door orgelspel.

Na afloop ging de tocht verder over de Bloemenmarkt en richting het Rembrandsplein. De grachten lagen er prachtig bij en herinneringen aan de tijd dat hij als jonge jongen daar bij een vriend logeerde kwamen bij Opa boven en ook aan de latere tijd dat hij daar vaak voor zaken moest zijn. Ze dronken nog een borrel in de Gerstekorrel en gingen verder.

Tot hun verrassing stond er op een brug een draaiorgel te spelen ! Het koste An grote moeite om Opa mee te krijgen !

Ook An genoot van de rondtocht door de stad omdat zij in haar jonge jaren hier gewerkt had in een groothandel in onder andere specerijen. Ze vertelde lachend hoe er een keer een vat zoutzuur van een vrachtauto gevallen was en door de aflopende Nes stroomde, alle banden smolten weg en de auto`s stonden op de velgen !

Natuurlijk werd haar oude werkplek opgezocht en de plek waar haar woonboot had gelegen.

Tenslotte maakten ze nog een rondvaart door de grachten waardoor ze alle oude vertrouwde plekjes goed konden zien. Het was een feest der herkenning. Aan het eind van de dag werd er wat gegeten in het Havengebouw met een mooi uitzicht over het IJ.

Maar aan alles komt een eind en zo werd er weer koers gezet naar Laren.

*

Een week later waren ze onderweg naar Ede op de Veluwe. Als twee jarig kind was hij daar namelijk naar toe verhuisd.

De Veluwe is een overwegend beboste landstreek in de Nederlandse provincie Gelderland en een voormalig kwartier van het hertogdom Gelre. Kloksgewijs vanaf het stadje Hattem in het noorden wordt het gebied ruwweg begrensd door Apeldoorn, Dieren, Arnhem, Wageningen, Ede, Barneveld en Harderwijk.

Ten onrechte wordt het soms gelijkgesteld met Nationaal park De Hoge Veluwe dat er minder dan een twintigste deel van uitmaakt.

De Veluwe is het grootste laaglandnatuurterrein van noordwest-Europa, en meet ongeveer 1000 km². Grote delen van de Veluwe bestaan uit stuwwallen uit de Saale-ijstijd.

Ten noorden van Rheden, in het Nationaal Park Veluwezoom ligt bij het Rozendaalsche veld het hoogste punt van de Veluwe op 110 meter hoogte. Dit is de hoogste stuwwal van Nederland en het hoogste punt van Nederland buiten Zuid-Limburg. In het noorden liggen onder andere het stuifzandgebied Leuvenhorst en het Leuvenumse Bos.

Na een aangename tocht naar Apeldoorn en vandaar dwars over de zonovergoten Veluwe langs alle mooie plekjes en door de mooie dorpjes kwamen ze uiteindelijk in de buurt ven Ede aan waar eerst werd geluncht in het bekende Pannenkoekenrestaurant. Dit voordat koers werd gezet naar *"Op de Berg"*, dat was de wat vreemde naam van de straat waar Opa Jan zijn jongste jeugd had doorgebracht.

Het was wel wat zoeken maar met behulp van de Tom Tom en het geheugen van Opa vonden ze het huis waar hij had gewoond. Het huis stond inderdaad op een berg, met een schitterend uitzicht op de Veluwezoom.

Nieuwsgierig keek Opa Jan rond en zijn gezicht begon te glimmen: *"achter het huis moet een heel grote tuin liggen"*, zei hij. Nieuwsgierig belden ze aan en ze troffen het: een jonge vrouw deed open en nadat ze het verhaal gehoord had bood ze vriendelijk aan om het huis en de tuin te laten zien.

"Het is wel wat rommelig", zei ze, *"want we hebben het huis net gekocht en we zijn aan het verbouwen"*. Rommelig bleek wel een understatement, want je keek zo door de plafonds en de vloeren heen, maar ja, ze waren binnen. Er was niet veel meer over dn de muren, de rest was gesloopt en gestript. Alle elektraleidingen moesten vervangen worden, de keuken was er uitgesloopt etc. Kortom het was een gigaklus voor dit jonge stel dat zeer verliefd en enthousiast met de verbouwing bezig was.

Moeizaam ging Opa Jan naar boven om te kijken of hij het nog herkende en ja, daar zag hij zijn kamertje waar hij als jong kind sliep. Het was nu een badkamer geworden.

Een vreemde gewaarwording, hij wist nog goed dat hij daar sliep. De tuin lag er prachtig bij en was inderdaad erg groot, wel zeventig meter lang. Toen Opa daar nog woonde was het een moestuin waarin zijn vader altijd aan het werk was.

Groot was de verrassing toen Opa Jan achteraan in de tuin de bramenstruiken zag waar hij als kind nog van had geplukt !

Herinneringen kwamen boven aan een onbezorgde jeugd, waarin hij op zijn Vliegende Hollander (een soort skelter) de berg af zoefde naar het dorp Ede, met onderaan de straat die prachtige speelgoedwinkel waar hij als kind zijn gezicht tegen het raam drukte om al het moois te zien.

Verderop op het Marktplein was die carrosseriefabriek nog waar hij zo menigmaal had staan kijken naar de wonderen die daar verricht werden.

Daar woonde ook Bakker Hallie, met zijn met hout betimmerde Morris Minor, van hem kreeg hij soms een krentenbol. De ijssalon is er ook nog steeds, Opa wist nog goed hoe hij achterop de motor van de heilgymnast-masseur (de voorloper van de huidige fysiotherapeut) daar naar toe gereden werd als beloning voor het goed verrichten van de oefeningen. Het was een markante man immer gekleed in een plusfour !

De Lagere School, weer iets verder, waar zijn jongere zusje zo hartgrondig moest huilen toen ze voor het eerst naar school ging; dit tot wanhoop van zijn vader, die daar onderwijzer was. Met dat zelfde zusje was hij een keer van huis weggelopen, tot grote schrik van hun moeder.

Kijk daar was die heuvel waar zijn vader zo graag schilderde !

Hij was namelijk opgeleid tot kunstschilder, maar was later het beter betalende onderwijs ingegaan. Maar zijn schildershart had hem naar menig mooi plekje van de Veluwe gevoerd, zoals de Ginkelse Heide. Mooie schilderijen waren het resultaat. Hij maakte ook stillevens, die had hij in de oorlog tijdens de hongerwinter in Amsterdam zelfs geruild voor eten.

Ede was vroeger al een grote plaats met veel industrie en een zeer grote kazerne. Dat was nu niet anders, alles leek nog wel groter en zag er zeer modern uit. Nog steeds waren er twee NS stations en er kwamen altijd veel toeristen op af.

Het was een warm bad daar weer zo te zijn en er werd afscheid genomen van de gastvrouw.

De dag werd besloten met een etentje in het bekende kippenrestaurant de Goudreinet in Barneveld alvorens weer het Rosa Spier Huis op te zoeken. Het was een leuke dag geweest !

*

Er waren wat weken voorbij gegaan voordat er koers werd gezet naar het volgende doel, de Bilthovense dreven.

Opa Jan was als acht jarige jongen vanuit Ede naar Bussum verhuisd en na zijn huwelijk op zijn vierentwintigste naar Bilthoven vertrokken, daar had hij in totaal vijfendertig jaar gewoond. Hier is dus veel over te vertellen, maar op deze plaats willen we volstaan met de schets van het decor van zijn leven.

Bilthoven ligt aan het eind van de Utrechtse Heuvelrug en ligt op een mooie plek op de Utrechtse Heuvelrug. Het ligt erg centraal in Nederland, heeft een station met prima verbindingen naar alle grote steden en ligt ook centraal aan het wegennet. Het is een echte forensenplaats en de rest van de bevolking werkt merendeel aan de Universiteits-centra van Utrecht. Verder is het bekend door het KNMI en het RIVM.

Er zijn prachtige bossen, heidevelden en verrassende vergezichten te over. Aan mooie huizen en villa`s geen gebrek, aan alles was te zien dat het leven in deze streek relatief goed was.

In deze plaats hadden Opa Jan en An elkaar ontmoet, hij als Economisch Directeur van het lokale ziekenhuis Berg en Bosch en zij als zijn secretaresse. Het was dan ook logisch dat een gevoel van weemoed hen bekroop. Ze reden door de voor hen zo bekende lanen tot ze bij dat ziekenhuis kwamen en de poort doorgingen, net als zo lang geleden.

Er was natuurlijk ook hier veel veranderd, maar de sfeer was onmiskenbaar dezelfde gebleven en ook de kinderboerderij bestond nog steeds !

Het ziekenhuis als zodanig bestond niet meer, er waren nu allerlei alternatieve gezondheidscentra gevestigd.

Alleen de school voor zieke kinderen, het verpleeghuis De Biltse Hof en het conferentiecentrum de Hartenark van de Hartstichting bestond nog.

Ze namen plaats op een bankje en lieten de sfeer op zich inwerken. De dennenbomen wiegden in de wind, de pauwen schreeuwden en patiënten werden in hun rolstoelen voortgeduwd.

Stilte sloop bij hen binnen door de herinneringen die boven kwamen, heel veel hadden ze samen meegemaakt, veel vreugde maar ook heel veel verdriet. Het was bovendien hard werken, want een complex met allerlei gezondheidsvoorzieningen waar zevenhonderd medewerkers aan verbonden waren, is een vol continue bedrijf dat veel zorgen gaf.

Maar nu konden ze daar tevreden op terug kijken en waren dankbaar dat ze elkaar daar hadden leren kennen. Naar oud gebruik werd koers gezet naar het terras van de Maurits Hoeve, waar traditioneel een pasteitje werd gegeten. Hoe vaak zouden ze dat al niet gedaan hebben ?

Terug in Bilthoven viel andermaal op hoezeer dat vergrijsd was. De winkelstand leek nog wel minder geworden en de tuinen waren nog erger verwaarloosd als vroeger. Maar het bleef een plaats met karakter en zo rondrijdend kwamen ze langs het Zorgcentrum Huize Het Oosten, waar Opa Jan lange tijd penningmeester van was geweest.

Ze kwamen langs de bungalow waar hij zo lang had gewoond, langs de Woudkapel van de Vrijzinnige geloofsgemeenschap in Bilthoven en zo kwamen ze langs veel meer plaatsen waar hij dierbare, maar ook verdrietige, herinneringen aan had. Zo was zijn eerste vrouw daar overleden en zijn zoon en kleindochter waren er geboren.

In Bosch en Duin konden ze het niet nalaten nog even door het bos te wandelen waar Opa Jan zovele jaren met zijn trouwe viervoeter had gewandeld, een gevoel van weemoed bekroop hem en ze namen plaats op de *"Bank van Harry Bannink"*. Dat is de bank waarop deze bekende componist zo vaak zat om inspiratie op te doen voor weer een nieuw lied; een bordje op de bank herinnerde aan hem. Ook Opa zat hier ook vaak, vooral in die tijden dat hij het moeilijk had. Menig sigaartje was hier opgerookt en ook nu staken ze er een op. Hij keek nu net als toen uit over het bos, de hei en het weiland en genoot nog steeds van het uitzicht dat nooit verveelde.

*

Het werd laat, eigenlijk te laat, het werd tijd om weer koers te zetten naar het Gooi, anders kwam Opa te laat voor het eten. Dus de Smart werd die kant opgestuurd, naar Laren waar hij nu woonde. In zijn jeugd had hij vele jaren Bussum gewoond en ook een aantal jaren in Hilversum.

Het Gooi (de naam is een oude nevenvorm van gouw), in formele teksten of ter afwisseling soms ook aangeduid als Gooiland, is een licht heuvelachtige Nederlandse landstreek in het zuidoosten van Noord-Holland met belangrijke beschermde natuurgebieden, authentieke dorpen en villabouw. In zijn ruimste definitie beslaat het Gooi het gebied tussen de Utrechtse Eem, meer precies: de Gooyergracht, en de eveneens Utrechtse Vecht, maar traditioneel wordt alleen het Noord-Hollandse deel daarvan

Het Gooi genoemd, en meestal alleen het zanderige, hoger gelegen gedeelte daarvan: het bosrijke gebied dat de noordelijke uitloper vormt van de Utrechtse Heuvelrug.

Het hoogste punt in het Gooi is de Tafelberg (36,4 m) halverwege Blaricum en Huizen. Al ongeveer in het jaar 1000 v. Chr. was hier bewoning. In de 13de eeuw ontstond hier de bijzondere boerenzelforganisatie, de erfgooiers. De bevolking van het Gooi vergrijst nu relatief snel en er zijn relatief veel bejaardenhuizen.

Er werd een dialect gesproken, het Goois, dat echter door de komst van de spoorlijnen en de omroep vrijwel verdwenen is.

De Gooise plaatsen zijn (in aflopende grootte): Hilversum (de grootste gemeente en centrum-plaats), Huizen, Bussum, Naarden, Laren en Blaricum.

Beide laatste plaatsen bezitten nog het meest een dorpskarakter, compleet met een authentieke Gooise brink. Weesp en Eemnes worden soms ook tot het Gooi gerekend, waarbij men dan in het Westen niet de rivier de Vecht maar het Amsterdam-Rijnkanaal als feitelijke grens neemt, en in het oosten niet de historische Gooyergracht (en de daaraan ongeveer parallel liggende autoweg A27), maar het Utrechtse riviertje de Eem.

Deze plaatsen liggen echter historisch, landschappelijk en bestuurlijk (op de meeste niveaus) buiten het Gooi. Ze horen traditioneel bij respectievelijk de Vechtstreek en het Eemland, maar worden thans wel betrokken in het bestuurlijke overleg over een gemeentelijke herindeling van het Gooi en de Vechtstreek gezamenlijk.

Opa was dus goed bekend in het Gooi, had de scholen daar doorlopen, was werkzaam geweest bij een belastingconsulent en was later administrateur geworden in het Geriatrisch verpleeghuis De Stichtse Hof.

Zijn eerste vrouw had hij in Bussum leren kennen in het jeugdwerk, waar beiden zeer actief in waren, en ze waren daar getrouwd. Het waren de onbezorgde jaren van de jeugd, van uitgaan en genieten van elkaar.

Als jonge jongen was Opa ook bij de Padvinderij geweest en hij scheurde dan op fiets of brommer door dat Gooi, de Zwarte Duivel was toen zijn bijnaam. Je kunt je dat nu niet meer voostellen als je hem zag hangen in zijn rolstoel.

De ouderlijke woning lag in een levendige buurt, eveneens in Bussum, er waren regelmatig vechtpartijen in de nabijgelegen Spijkerstraat waar menige crimineel zijn wieg had staan. Zo werd een leraar door het lokaal van de Basisschool gejaagd door een kleine vechtersbaas en op het schoolplein stond een latere moordenaar vrolijk met een windbuks op de vogels te schieten. Het was een troost dat het een school met de Bijbel was !

Tussen zijn dertiende en zeventiende levensjaar woonde Opa in Hilversum. Dat waren mooie jaren met speciale herinneringen.

Toen hij vijfentwintig was werd er verhuisd naar Bilthoven, maar een paar jaar na het overlijden van zijn echtgenote verhuisde hij met zijn tweede vrouw naar Laren in het hem zo bekende Gooi en is daar blijven wonen.

*

Ach, wat is nog er veel te vertellen, maar dat komt later wel; het is nu tijd om bij het Rosa Spier Huis naar binnen te gaan, waar het warme eten wacht. An at mee, dat was wel zo gezellig.

Het was een drukke dag geweest, vol met emoties. Maar het was fijn al die oude plekjes weer eens te zien.
En het doel van An was bereikt: de hersenen van Opa hadden een geweldige impuls gekregen, hij was opgeleefd en wist allerlei zaken weer die weggezakt waren.

IEDER ZIJN EIGEN VERDRIET

In ons leven worden we geconfronteerd met vreugde en met verdriet. Soms zien we het aankomen maar meestal komt het plotseling. We verliezen een dierbare of een goede vriend en voelen ons verdrietig en eenzaam.

We zien ook veel verdriet.

Ook dat doet wat met ons, we voelen ons klein en onmachtig zoals bijvoorbeeld bij 11 september, die tragedie in New York toen vliegtuigen de Twin Towers doorboorden en deze vervolgens instorten, duizenden de dood in slepend. Dat was een schok voor de hele wereld waarbij alles in het niet viel, maar ook op kleinere schaal komt dit voor.

Greenpeace verloor bijvoorbeeld zijn meest bekende kapitein Hamid, nog maar 36 jaar oud. Zo stond hij op de brug van zijn schip, zo was hij verdwenen, spoorloos.
Ten prooi gevallen aan de gevolgen van een hersenbloeding en depressie; spoorloos, allen verslagen en verdrietig achterlatend.

IEDER ZIJN EIGEN VERDRIET.....

Jaren geleden besloot het gezicht van cultureel Amsterdam dat het genoeg was geweest. Herman Brood liet een leegte en veel verdriet achter.

Majoor Bosshardt die in haar witte Panda tegelijkertijd aankwam met de Hell`s Angels op hun Harleys; De tegenstellingen van Herman Brood in één beeld gevangen..

Maar toch was het wat anders dat de aandacht trok:

Dat was zijn oude moeder gehuld in een morsige regenjas, moeizaam steunend op haar rollator die naar Hilton kwam om de laatste eer te bewijzen aan haar zoon...

IEDER ZIJN EIGEN VERDRIET.....

> Als het uur van de dood komt
> Ook al probeer ik er niet over te denken
> Hoop ik nog de tijd te hebben om te zeggen
> Mijn liefste ik hou van je

Dit treurige gedicht liet Dmitri Kolenikov achter voor zijn jonge vrouw voordat hij zijn laatste reis aanvaarde aan boord van de duikboot Koersk.

We kennen allemaal zijn laatste woorden "Niemand kan ontsnappen" die hij in het stikdonker op een papiertje krabbelde.

Het snijdt je door je ziel elke keer als je het weer leest.

Uit alles blijkt een diepe berusting en een aanvaarden van de dood, Dmitri had zijn angst overwonnen.

IEDER ZIJN EIGEN VERDRIET…..

*

Dit waren zomaar wat gedachten die bij Opa Jan opkwamen toen hij met An aan de thee zat. Dezelfde middag had men weer afscheid genomen van een geliefde bewoner, die na een lang ziekbed was overleden. De directie en de staf hadden zich weer opgesteld in de hal om de laatste eer te bewijzen aan de overledene die door de voordeur naar buiten gedragen werd, op weg naar zijn laatste rustplaats.

De directeur had als principe dat als men door de voordeur naar binnen kwam, men dan ook door de voordeur naar buiten diende te gaan, dit uit respect voor de overledene. Het paste niet om via de achterdeur steels weggedragen te worden.

Het was een gebaar dat door de bewoners erg gewaardeerd werd, maar aan de andere kant was dit ook confronterend.

Hij woonde hier goed en men zorgde goed voor hem en ook voor zijn helaas wat erg vergeetachtige vrouw, maar op deze leeftijd keek je onwillekeurig terug op het leven, het leven dat ook hem veel verdriet had gebracht.

IEDER ZIJN EIGEN VERDRIET…..

An wist natuurlijk dat Opa gezondheidsproblemen had gekend, maar toch verraste het haar dat hij daar nu over begon. De bezoeken van de laatste tijd aan zijn vroegere woonplaatsen hadden hem duidelijk aan het denken gezet.

Amsterdam had hem niets meer gezegd, maar hij wist wel dat hij toen al astma had en dat de vochtige hoofdstad, die onder zeeniveau lag, niet voor hem geschikt was, vandaar dat men naar het hooggelegen en bosrijke Ede was verhuisd.

Als jongen van zes jaar had hij lange tijd in een ziekenhuis gelegen en had langdurig therapie gehad. Ook later in Bussum was het niet anders geweest; de lagere school werd nauwelijks bezocht, zo vaak lag hij in bed met een gemene infectie of met een benauwdheid.

Hij lag daar zelfs in een tent met een lucht-zuiveringsinstallatie, speciaal vanuit Zwitserland geleverd ! Eenzaam en onmachtig op de rand van het leven.

Gedurende de pubertijd had hij drie jaar in het Astmacentrum Heideheuvel in Hilversum doorgebracht en had daar menig vriend aan de dood verloren.

Daar had hij vrijheid gevonden en was zijn gezondheid sterk verbeterd.

Op zijn negentiende jaar onderging hij echter een longoperatie en moest langdurig revalideren. Opa wist nog als de dag van gisteren hoe hij daar aan een pomp lag die er voor zorgde dat zijn long zich kon ontplooien, toen plotseling de stroom uitviel en de pomp stil stond totdat het noodaggregaat aansloeg; wat een schrik en angst !

Zo rond zijn tweeëntwintigste werden er pas medicijnen uitgevonden waardoor hij langzaamaan greep kreeg op zijn gezondheidstoestand en dus op zijn leven.

Het greep Opa nog steeds bij de keel als hij aan die verknoeide jeugd en aan die gemiste jaren dacht.
Die druk op de borst die er altijd was, waar geen ontsnappen aan mogelijk was...
Hoe hij altijd dat briefje bij zich had met de namen van de medicijnen en injecties die hij nodig zou kunnen hebben, zodat hij dat kon doorgeven aan de spoedarts die hem eventueel moest helpen; hoe hij in die taxi op weg was naar de zuurstofinstallatie om die lucht te krijgen, nodig om niet te stikken...
Hij wist als geen ander wat doorzetten was, het had hem ver gebracht, maar hij had ook een hoge prijs betaald voor zijn overcompensatie.
Opa dacht vaak aan die collega patiënten die net als hij onder astma gebukt gingen, maar zich er doorheen gevochten hadden en het met doorzetten ver gebracht hadden. Zoals Ed Nijpels, Ed van Thijn en Gerrie Kneteman, ze waren allemaal van lijder, leider geworden, een wonderlijke transformatie !

IEDER ZIJN EIGEN VERDRIET.....

Er gaat geen dag voorbij of we kunnen in de krant diep tragische gebeurtenissen lezen die ons als lezer raken. Laat staan hoe dat bij de betrokkenen overkomt.

Denk aan de gevolgen van de oorlogen van deze wereld, aan de vele zinloze doden die daarvan het gevolg zijn.

Zie de duizenden kruizen op de oorlogskerkhoven, zie het verdriet bij de nabestaanden.

Het lijken soms normale gebeurtenissen, maar voor degenen die het betreffen heeft het een impact die hun hele leven overhoop gooit.

Zie het leed dat een land treft als gevolg van een hongersnood of overstroming, de ontreddering, het verdriet en de wanhoop.

IEDER ZIJN EIGEN VERDRIET.....

Maar vaak is er ook verborgen verdriet, bijvoorbeeld van een kind in een weeshuis, een kind dat geen ouders meer heeft of zelfs niet weet wie zijn ouders zijn of waren...

Of een kind dat door eenzaamheid gedreven er voor kiest maar op de straat te leven, te leven van het weinige dat een ander af wil staan; vaak vluchtend in een verslaving in de hoop daar troost in te vinden.

Dan is het de kunst een omkeer in het leven te maken en dat is niet iedereen gegeven. Maar gelukkig zijn er toch altijd weer mensen of instanties die er in slagen mensen te redden, als kleine pareltjes uit een stormachtige zee.

En dan kunnen ze net als de dichter Vidal het volgende dankgebed spreken in:

Het gebed dat verhoord werd:

Ik vroeg om wijsheid
en het leven gaf mij problemen om op te lossen
Ik vroeg om kracht
en het leven gaf mij moeilijkheden om me te sterken
Ik vroeg om schoonheid
en het leven gaf mij lelijkheid om de schoonheid te
waarderen
Ik vroeg om voorspoed
en het leven gaf mij verstand en spierkracht om mee
te werken
Ik vroeg om moed
en het leven gaf mij gevaren om te overwinnen
Ik vroeg om Liefde
en het leven gaf mij mensen om te helpen
Ik vroeg om gunsten
en het leven gaf mij kansen
Ik ontving niets van wat ik vroeg
Maar ik ontving alles wat ik nodig had

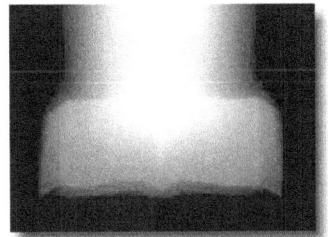

ER IS EEN LICHT

In de moeilijke momenten van ons leven houden we ons vaak vast aan de kernwaarden die we tijdens onze opvoeding hebben meegekregen en dan zoeken we vaak troost in ons geloof. Dat geeft ons rust en kracht om verder te gaan.

Dit algemene gevoel van de bewoners was de reden dat in het Rosa Spier Huis een praatgroep "Spiritualiteit" was opgericht om over deze ervaringen te praten.

Opa had An gevraagd een keer mee te gaan en zo was ze getuige van het uiten van vele meningen, meningen die alle kanten opgingen.

Deze keer had men het over de Joods Christelijke godsdiensten, een volgende keer zou men het over de Oosterse godsdiensten hebben.

Zo haalde een oud omaatje met afschuw herinneringen op aan de streng Christelijk Gereformeerde Kerk waar nog op hele noten gezongen werd, begeleid op loodzware orgelklanken.

De dominee kastijdde elke zondag zijn gehoor door hen op alle zonden te wijzen die ze al dan niet hadden begaan, door hel en verdoemenis te preken en hen te wijzen op de hel die hun deel zou zijn als men het leven niet zou beteren.

Anderhalf uur hield hij dat vol en het kerkvolk ging dan vol schaamte terug naar huis, natuurlijk lopend want op zondag mocht je geen geld uitgeven en mocht niemand aan je verdienen, dus er werd geen auto gereden.

En aan het eind van de dag werd je terugverwacht in de kerk, waar de somberheid van afdroop, voor de avonddienst en dan werd het nog eens dunnetjes overgedaan.

Er mocht geen TV gekeken worden, je mocht geen ijsje kopen, je mocht niet fietsen, je mocht kortom niets, alleen je schamen voor al je fouten en gebreken.

Ach arme !

En dan hebben we het nog niet eens over de gevolgen van deze Calvinistische opvoeding voor de wijze hoe men in het leven staat. Men handelt: zeer betrokken en gezaggetrouw, altijd werken en nimmer rusten, alleen des zondags, want ledigheid is des duivels oorkussen...

*

Opa Kees wist niet wat hij hoorde, hij had weer heel andere ervaringen:

Hij was verbonden aan de Pinkstergemeente en ging altijd

naar de opwekkingbijeenkomsten in het gebouw Eli. Dat was een vrolijke boel, de Heer werd daar uitbundig geprezen en geloofd.

Hier geen hele noten, maar alles wat er op muziekgebied maar te bedenken was werd gebruikt om de Lof van de Heer te prijzen: orgel, gitaar, slagwerk, trompetten en ga zo maar door.

De kalk spatte van de muren af als er gezongen en gedanst werd, armen werden gezwaaid en men viel elkaar in de armen van vreugde om hetgeen de Heer voor hen deed of gedaan had. Via overheadprojectoren werd de zaak bovendien verluchtigd om de sfeer te verhogen.

Hier stond men met het geloofsgevoel dichter bij de mensen, in de modder van het dagelijkse leven.

De voorganger deed altijd erg zijn best om het praktisch te houden, de verhouding op het werk, in het gezin en in de maatschappij werden besproken vanuit hetgeen de Bijbel hierover te zeggen had.

Opeens zag Opa Jan zichzelf weer staan tussen een grote menigte op het Malieveld in Den Haag bij een bijeenkomst van Billy Graham. Deze begenadigde spreker uit Amerika (die vele Amerikaanse Presidenten beëdigd had) was overgekomen om ook hier troost te brengen aan allen die in kommer en nood verkeerden.

Hij kon spreken alsof hij God in zijn broekzak had en de menigte hing aan zijn lippen.

Deze man was in staat om lammen hun krukken te laten weggooien en dansend naar huis te laten gaan, om door reuma krom getrokken mensen de bijeenkomst als atleten te laten verlaten, recht van lijf en leden en met verende tred.

Kortom door hem kon je genezing van de Heer verwachten en daarom hadden de ouders van Opa Jan hem meegenomen om van zijn astma af te komen.

Maar blijkbaar was Opa toen al erg ongelovig, want het had niets geholpen.

De ouders van Opa lieten het er echter niet bij zitten en een aparte sessie werd er gehouden om hem door middel van handoplegging te doen genezen, maar ook hier geen resultaat.

*

Oma Jenny had weer heel andere herinneringen, zij was juist erg onder de indruk van de inhaligheid van dominees en priesters in het algemeen en hun zedeloosheid in het bijzonder.

Achter de façade van geloof en devotie ging een heel andere wereld schuil: die van geldzucht en uitbuiting.

Geldzucht zoals die zich uitte in de behoefte om de wedde zo hoog mogelijk te laten zijn en dan vooral natuurlijk de secondaire arbeidsvoorwaarden zoals die voor onkostenvergoedingen, dienstwoningen en gunstige pensioenregelingen.

Ook bij het besturen van de Kerk of Pastorie ging men over lijken om die zoveel mogelijk te laten begunstigen door middel van erflatingen en andere schenkingen.

Landelijk ziet men hetzelfde en het Vaticaan met zijn wereldlijke macht heeft zelfs een eigen bank die nauw samenwerkt met de maffia. Hun eigen bankier vond de dood door ophanging onder een Londense brug...

Duister is al deze verbanden.

En dan praten we nog niet eens over al die misdienaren die over de hele wereld het slachtoffer van priesters zijn geworden.

Hoeveel dominee`s en priesters moesten het ambt niet neerleggen omdat het vlees zwak was ! Over zedeloosheid gesproken !

*

Opa Jaap vond dat het maar de sombere kant opging en hij vertelde vol enthousiasme over een Vrijzinnige geloofsgemeenschap in Bilthoven genaamd de Woudkapel. Het leek wel of de Vrijzinnigheid hier was uitgevonden, in een absolute God werd niet geloofd maar er werd meer gekeken naar alle verschijningsvormen die er op de wereld bestonden; met sprak liever over het AL, het alom vattende. Uitvoerig werd stilgestaan bij het Evangelie van Thomas, bij de Nag Hammadi geschriften, bij Zen, bij Bhoedda, bij gedichten, bij mooie verhalen, bij gevoel, bij wat je raakt.

Hier heersten geen dogma`s, hier heerste waarlijke godsdienstvrijheid.

Opa Jaap had bijzondere herinneringen aan een preek die daar gehouden was door dominee Meindert Boersma; een preek waarin de duiding werd gemaakt naar een persoonlijke God, sterker nog naar die Goddelijke vonk die in ieder mens zit.

Hij las, met dank aan de dominee, een gedeelte voor:

"Zondagmorgen
Het licht begint te wandelen door het huis
en raakt de dingen aan. Wij eten
ons vroege brood gedoopt in zon.
Je hebt je witte kleed gespreid
en grassen in het glas gezet.
Dit is de dag waarop de arbeid rust.
De handpalm is geopend naar het licht.

Het is een gedicht van de dichteres Ida Gerhardt: *Zondagmorgen*. Dan is alles anders. Het licht begint te wandelen door het huis en raakt de dingen aan. De tafel wordt gedekt, een wit kleed als een avondmaalskleed; een heilig gebeuren die vroege zondagmorgen. Dat is wat het gedicht oproept. En dan die laatste regel: de handpalm is geopend naar het licht.

Dat doet denken aan *"He's got the whole world in his hands"*.

Vorige week zondag was net als vandaag een mooie dag, prachtig weer, ruim 25°; weer om er op uit te trekken. Heel Nederland werd een beetje buitenkerkelijk. Men genoot, men wandelde, men fietste, ging samen uit eten, zat in de tuin, jogde, sportte.

En God keek toe op Nederland en zag dat het goed was.

Want de mensen hadden hun handpalm geopend naar het licht.

Soms is het goed om kennis te nemen van iets dat niet direct grenst aan je eigen wereld en beleving. Diezelfde zondagmorgen was er zoals altijd van 8 tot 9 uur op de televisie een uitzending van The Hour of Power.

Ds Robert Schuler verzorgt vanuit de Christal Cathedral in Garden Grove in Californië een kerkdienst, met zang en preek. Belangrijk onderdeel is altijd een gesprek dat hij met iemand heeft. Zijn diensten worden door miljoenen mensen over de hele wereld bekeken. Hij heeft charisma. De spiritualiteit is misschien anders dan wij gewend zijn; het Jezus loves you, en wauw!, maar toch. Die zondag had hij als gast Laurie Beth Jones. Zij is een beroemde coach, heeft een pad tot innerlijke transformatie ontwikkeld en schreef een aantal boeken. Hij sprak met haar over haar laatste boek. Ik keek en raakte geboeid en wil doorgeven wat zij vertelde.

Het ging over wat een coach doet.

Een coach is iemand die een ander begeleidt in zijn of haar werk of leefsituatie. Soms omdat er een probleem is, soms gewoon omdat het goed is om dingen niet alleen te doen en die steeds te herijken. Vroeger in de middeleeuwen was het de meester, later meer de priester of pastoor en in vorige eeuw vaak een psycholoog, maar heden ten dage is het de coach.

Op zichzelf al een teken van verschuiving van de geestelijke hulpvraag. 'Wat doet een goede coach?

Wat zijn de criteria?' Daarover ging het gesprek. 'Vier dingen', zei zij. Allereerst, hij/zij helpt om je te richten op wat het belangrijkste in je leven is.

Wat is je doel, waar wil je heen. Dat is als vuur: welk vuur in je dat brandt, laat zich niet doven?

In elk mens brandt zo'n vuur. Zoek het, herken het. Dat is het eerste.

In de tweede plaats geeft een goede coach je een basis, hij zet hij je op vaste aarde, geeft je vaste grond onder de voeten, stabiliteit. Dat is de aarde, het kader, de grond. Je wordt je bewust van wat de regels en principes zijn waarop je je droom kunt bouwen.

En dan in de derde plaats maakt hij, dat er iets in je verandert. Hij transformeert je, als water. Water kan verschillende vormen aannemen: ijs, damp, nevel. Dat wil zeggen, je begeleider helpt je de dingen ànders te zien, zodat je je leven diep kunt peilen; dat je ontwikkelt, vernieuwt.

Dat je niet vast blijf zitten.

Tot slot is hij als de wind: hij geeft je de ruimte om uit te vliegen en je droom voluit te verwezenlijken. Je kan weer ademhalen.

Dat vertelde zij. Waarom in een kerkdienst? Haar laatste boek heet: *Jezus, life-coach, levenscoach.* Voor haar is Jezus een belangrijke, zoniet de belangrijkste coach.

Hij doet wat elke coach doet: aarde, grond onder de voeten; vuur, wat is je doel; verandering, water en wind, je kunt het.

Robert Schuler zei: 'Wauw!' Zo schilderde zij Jezus als een levende werkelijkheid, die mensen verandert, begeleidt en stimuleert.

Later in de zon dacht ik, met mijn handpalm geopend naar het licht: zou het zo zijn?

Diep in ons ligt iets te wachten. Het woelt en draait en zucht en steunt. Het wacht op een opening. Het wacht op ontwaken. Het is een kracht, een vuur, verborgen in de holte van ons hart. En opeens wordt het geactiveerd, ontwaakt het, ontvlamt het. Door een woord, een gebeurtenis, een ervaring, zomaar. Dan staat God in ons op, dan komt de Christus tot leven. Dan verandert een mens.

Wat is onze life coach? Wie is mijn life coach? In het Nederlands: wie is mijn levensgids, wie begeleidt mij. Wie of wat doet mij aarde, vuur, water en wind ontdekken en brengt mij tot bewustwording? Het kan iedereen zijn.

Maar ook ieder van ons zou coach kunnen zijn in de wijze waarop wij met elkaar en anderen omgaan. Hoe zijn wij naar die ander toe, aan welke criteria moet dat voldoen opdat die ander kan groeien.

Dat is op zichzelf al interessant omdat het dan allereerst niet gaat om onszelf, maar om die ander, om de gemeenschap, om de samenleving. En wat goed is voor de ander is uiteindelijk ook goed voor onszelf.

Je zou het ook kunnen omdraaien.

Als iets of iemand ons omringt in de ruimte van die vier elementen vuur, aarde, water en wind, dan is dat een teken van coaching. En als onze manier van leven vervolgens in het spoor van liefde en mededogen gaat, zijn we op de goede weg.

Dan wordt ook de kracht die in ons schuilt, geactiveerd. Christuskracht, of hoe we het willen noemen, Godsvonk."

*

Langzaam liep An met Opa Jan terug naar zijn kamer, *"Godsvonk"* klonk er alsmaar in hun hoofden. Kerkklokken klonken in de verte.

VRIENDSCHAP

Het was prachtig weer, zo mooi dat het zonde was om binnen te zitten. Dus werd het voornemen, dat al geruime tijd geleden ontstond, om eens bij de oude jeugdvriend van Opa Jan op bezoek te gaan, uitgevoerd.

An kwam voorrijden met de Smart, Opa werd ingeladen en er werd koers gezet naar Aduard onder de rook van de stad Groningen. Daar woonde Opa André waarmee een vriendschap vanaf de vroegste jeugd bestond. Voor zijn vrouw werd goed gezorgd door de verpleging.

Het was, zoals gezegd, prachtig weer en de tocht door de polders was dan ook erg mooi, de zon prikte door de ochtendnevel, de molens draaiden het water uit de polders en de schapen blikten in de einder.

Het Smartje zoefde voort en al snel werd de kust van Friesland bereikt; op dat punt was een werkelijk schitterend uitzicht over het IJsselmeer omzoomd door de kustlijnen.

Zeilboten sneden door het rimpelloze water op weg naar onbekende bestemmingen.

Bij de bekende rotonde van Joure aangekomen werd gestopt voor de traditionele kop koffie in het befaamde restaurant aldaar; dan kon Opa zich ook even verpozen, dat heb je zo op zijn leeftijd.

Weer op weg naar Groningen genoten ze van de aparte huisjes en boerderijen in het Friesche landschap en na enige tijd werd de stad bereikt en er werd doorgereden naar Aduard. In een ver verleden was dit een bekende universiteitsstad, geleid door monniken, dat qua bekendheid wedijverde met de grote universiteiten in Europa. Het hele dorp bestond uit tientallen gebouwen van en voor die universiteit.

De monniken hadden de regio groot gemaakt door allerlei ingenieuze toepassingen in het waterbeheer. De kustlijn werd tientallen kilometers opgeschoven en er ontstond vruchtbaar akkerland.

Heden ten dage was hiervan weinig meer over dan een museum en een kerkgebouw, wat echter nog door veel mensen wordt bezocht.

Opa André woonde in een moderne bungalow die echter helemaal aangepast was in verband met zijn handicap; hij liep erg moeilijk en was erg aangewezen op een rolstoel. In zijn jeugd was hij getroffen door een speciale vorm van polio en sinds die tijd had hij vele operaties ondergaan en zeer lang in ziekenhuizen gelegen.

Hij moest op een gegeven moment zelfs een nieuw vak kiezen en hij werd omgeschoold tot bankdirecteur. Dat vak had hij heel lang met veel plezier uitgeoefend.

Hij was een rasverkoper en kon erg goed met cliënten

omgaan en was daardoor erg succesvol.

Jan en André waren elkaar een veertigtal jaren uit het oog verloren, maar dankzij het Internet hadden ze elkaar nu alweer jaren geleden weer gevonden en sinds die tijd waren de oude banden weer aangehaald. Het leek wel of er nooit iets veranderd was.

An en Opa Jan werden hartelijk welkom geheten en al snel zat men aan de koffie en de Groninger koek. De vrouw van André had in Assen een schilderijenexpositie en was dus niet aanwezig.

Na het uitwisselen van de laatste stand van zaken met betrekking tot de gezondheid en het informeren naar de kinderen en dergelijke, kwam het, tijdens het tweede kopje koffie, op het speciale van hun vriendschapsband en van vriendschap in het algemeen.

*

Onwillekeurig dachten ze aan hoe het allemaal begonnen was: Als jongen van elf jaar oud was André naast Jan komen wonen in Bussum en hadden ze kennisgemaakt.

André en Jan speelden zoals jongens dat doen: karren en hutten bouwen en vooral spelen in de werkplaats van de vader van André die een bekende Radio en TV zaak in het centrum van Bussum had en ook een antennefabriek aan de oude haven. Heel veel gereedschap, een draai- en zetbank en andere materialen om van alles mee te maken.

Omdat in die tijd zakgeld een zeer zeldzaam fenomeen

was, werd besloten de zaken professioneel aan te pakken om toch meer financiële armslag te verkrijgen.

Omdat hun kamers naast elkaar lagen werden tal van plannen gesmeed: het begon vrij simpel met het maken van gipsen beeldjes en prullenbakken en proberen die aan de man te brengen.

Ook het plakken van fietsbanden behoorde tot hun activiteiten; het was trouwens wel vreemd dat er erg veel banden lek waren in die buurt, maar ja.

De handel liep goed en ook de opbrengst van kranten en metalen was niet onaanzienlijk.

Maar opeens ontstonden er problemen met de gezondheid.

André raakte plotseling verlamd, moest een spoedoperatie ondergaan en na de ziekenhuisopname moest hij erg lang op bed blijven liggen. Het was heel slecht met hem gesteld en het was een wonder dat hij na een heel lange tijd weer heel voorzichtig aan het lopen kwam.

En Jan was altijd al benauwd door zijn astma, maar het werd steeds erger. Door al dat hoesten klapte zijn long en hij moest met spoed naar een Astmacentrum om eerst zes weken te liggen tot de long beter was en daarna moest hij daar blijven voor zijn astma.

De trouwe vrienden waren zo opeens ver van elkaar maar daar lieten ze zich niet door weerhouden om toch contact met elkaar te zoeken.

Zo pleegde Jan een noodtelefoontje naar André met het dringende verzoek de verborgen opbrengst van hun handel uit zijn kamer in het ouderlijke huis op te halen en daar sigaretten van te kopen. Direct na school bracht André de sigaretten naar het Astmacentrum….

Zo worstelden ze zich door hun ziekte heen totdat ze zover hersteld waren dat rond hun zeventiende jaar ze weer bij hun respectievelijke ouders woonden.

Tegen die tijd reden André en Jan rond op een brommer, de eerste op een "buikschuiver" en de ander op antieke Berini, maar allebei wel erg hard.

Er werden opnieuw plannen gemaakt en uitgevoerd: de zakelijke activiteiten werden weer opgestart met het repareren van TV`s, radio`s en versterkers en vooral met het maken van REM antennes.

Het REM eiland was een omgebouwd booreiland voor de kust van Scheveningen en dat zond de eerste commerciële TV in Nederland uit en daar had je een aparte antenne voor nodig.

Die werden op grote schaal door André en Jan gemaakt en de vader van André zette ze op de daken.

Hij werd daar enigszins in gehinderd doordat hij slechts één werkzaam oog had, maar met behulp van de onaf-scheidelijke sigaar in zijn mond voelde hij zich toch zo zeker van zijn zaak dat hij zonder aarzelen over de nokken van de daken liep om de genoemde antennes te plaatsen.

Het waren kortom gouden tijden.

Ze trokken veel samen op, zo gingen ze een keer met de vader van André naar een demonstratie van het toen bekende automerk SIMCA. Er was een stuntteam uit Frankrijk dat er in slaagde de auto`s op twee wielen te laten rijden en om elkaar heen te laten slalommen.

Het dorp was uitgelopen, dat was nog nooit vertoond.

Het was een wonder dat ze nog thuis kwamen, de vader van André poogde de stunts niet alleen te imiteren, maar zo mogelijk te overtreffen...

De meest wilde plannen werden gemaakt in hun stamkroeg Puck, waarbij de sigaret niet werd geschuwd.

Met het verdiende geld werd besloten om heel revolutionair te gaan kamperen.

Drie jaar achtereen werd er koers gezet naar vooral Drente maar ook andere mooie plekjes in Nederland werden bezocht.

Op volgeladen bromfietsen werden lange tochten gemaakt naar uiteenlopende campings. Soms in de brandende zon, dan weer in de stromende regen. Het waren onbezorgde tijden van twee jongens die van het leven genoten in al zijn vormen.

Veel plezier en vooral veel lol zoals alle jongelui dat op die leeftijd hebben, veel kroegbezoek en meisjes. Er werd eens gekampeerd bij een Jeugdherberg, wat daar meegemaakt werd was gegrift in hun geheugen.

Er gebeurden ook altijd rare dingen en ze maakte van alles mee, maar vaste elementen die terugkeerden waren het stuklopen van een bromfiets, fietsenmakers, doktoren die bezocht moesten worden indien het astma te gek werd, familiebezoek, maar vooral het ontmoeten van de meest uiteenlopende types op de diverse campings.

Omdat Jan als oud Padvinder een zogenaamd Kampeerpaspoort had, kregen ze toegang tot de mooiste kampeerplekjes van Nederland en ze mochten zelfs kampvuren stoken.
Hier waren de echte natuurliefhebbers te vinden en dat waren toch wel echt bijzondere ontmoetingen.

Er werden kant-en-klaar maaltijden gekookt op een simpel Campinggaz pitje, maar vaak werd toch ook gekozen voor de specialiteit van een lokale kroeg.
Maar vast onderdeel was de Bastogne koek, daar kregen ze nooit genoeg van.
Er was ook altijd veel regen en alles bij elkaar werd daardoor de vriendschapsband steeds sterker en sterker.

Maar op een gegeven moment kwamen er bij beiden vrouwen in hun leven; er werd getrouwd en verhuisd.
En zo kon het gebeuren dat heel geleidelijk aan en eigenlijk op onverklaarbare wijze, ze uit elkaar dreven en er sinds hun éénentwintigste jaar geen contact meer was.

*

In de herfst van hun leven, nu alweer een tiental jaren geleden, dachten beide mannen aan de tijd van weleer en vroegen zich af: waar is de ander na veertig jaar toch gebleven ?

En zoals zo vaak speelt toeval een rol in dit soort zaken.

In die tijd was er namelijk een website met de naam www.schoolbank.nl en daar stonden veel oud scholieren ingeschreven.

Op een dag zat Jan zomaar wat te surfen en zocht opnieuw naar André; daar waren er erg veel van, maar op een gegeven moment stond er één die refereerde aan de lessen die hij tijdens zijn ziekte van Jan`s vader had gehad: Bingo, het kon niet anders dan dat dit de gezochte was.

Er werd direct gemaild en de volgende dag al ging de telefoon bij Jan: André belde !

Het werd een erg lang gesprek, er was dan ook erg veel in hun leven gebeurd, in het gezin en ook met ziekte.

Later op de middag ging de telefoon opnieuw: de echtgenote van André belde met de uitnodiging om die avond met zijn vieren Oud en Nieuw te komen vieren, haar man was namelijk zo opgewonden over de hernieuwde kennismaking dat ze hem hiermee wilde verrassen. Omdat André `s middags ruste maakte ze van die gelegenheid gebruik om vlug even te bellen.

Het was wel twee uur rijden en het zou ook nog gaan misten, maar deze uitnodiging was zo lief en aardig dat het niet genegeerd kon worden.

De meest noodzakelijkste spullen werden ingepakt, de

buren werden afgezegd en er werd met spoed afgereisd.

Het begon inderdaad al snel stevig te mistten en het werd ook nog erg glad, maar net voordat de wegen door de Politie afgesloten werden omdat het te gevaarlijk werd, stopte de auto voor de deur van André en zijn echtgenote Janneke.

De vrouw van Jan, Willy, belde aan en er werd opengedaan en er werd niet begrijpend naar buiten gekeken.

"Is dat Jan ?", riep een moeilijk lopende André vanuit de openzwaaiende huiskamerdeur.Het weerzien was allerhartelijkst en ze omhelsden elkaar stevig.

Niet veel later zaten ze aan de champagne, wijn, whisky en bier herinneringen op te halen dat het een lieve lust was.

"Het zijn net jongetjes" zei Janneke tegen Willy en ze keken stomverbaasd naar het tafereel. De avond en nacht vlogen voorbij, André bladerde door het meegebrachte fotoboek van de kampeertochten en de verhalen buitelden over de tafel.

Diep uit een kast kwamen zelfs dagboeken uit die tijd tevoorschijn en toen gingen ze helemaal los.

Het leven had ook hen niet onberoerd gelaten, ze hadden allebei een goede maatschappelijke status verkregen en ook een zekere welstand bereikt, maar hun gezondheid was daarentegen ernstig aangetast.

Vooral André kon haast niet meer zonder hulp functioneren, maar hij werd daarbij geweldig geholpen door zijn echtgenote.

Alleen zijn geweldig optimisme en zijn vrolijkheid waren ongebroken gebleven.

De nacht was erg kort en aan de ontbijttafel waren ze allemaal wat witjes; maar ze voelden zich geweldig, deze twee vrienden die een breuk van veertig jaar in één seconde overbrugden en doorgingen met waarmee ze toen bezig waren.

André vertelde later aan de hand van het fotoboek, zijn ademloos luisterende kleindochter de mooiste verhalen die zich afspeelden rond een knapperend en hoog oplaaiend kampvuur.

Hun contact is daarna altijd gebleven en in goede en slechte momenten van hun leven wisten ze elkaar weer te vinden.
Dit nu was alweer tien jaar geleden en nu zaten ze weer bij elkaar, deze keer zonder echtgenotes omdat zij verhinderd waren.

*

Opa André en Opa Jan keken elkaar aan in het volle besef dat dit heel bijzonder was, deze band die hun door al die jaren bond. Ook An had een zelfde ervaring en bovendien was ze haar oude baas ook nooit vergeten, wat mede de oorzaak was dat ze nu hier in Aduard zat !
Inmiddels zaten ze aan een wijntje en boomden door op het

thema Vriendschap.

Dat ieder mens een vriend nodig heeft, daar waren ze het snel over eens.

Maar wat hun vooral opviel was de onzekere factor die daarin was.

Naast de leeftijdsgenoten ontmoet men vele mensen in het leven die een speciale betekenis hebben, tijdens de jeugd in de vorm van leraren en jeugdleiders en later in het leven docenten, collega`s etc.

Er zijn later natuurlijk ook vele kennissen en buren waar je veel mee omgaat.

Soms ontstaat hier een vriendschap uit en wordt de relatie dieper en intenser, een vriendschap waarin je er voor elkaar bent en altijd klaar staat.

Maar opeens is er dan de lakmoesproef: er gebeurd iets heel ingrijpends in je leven, je raakt in problemen door werkloosheid, je wordt ernstig ziek, er overlijdt een kind of je partner overlijdt etc.

Allemaal zaken waarmee anderen niet altijd goed mee om kunnen gaan: men gaat zich wat ongemakkelijk gedragen en men komt wat minder langs, kortom het is niet een ieder gegeven die steun te geven die dan nodig is.

Op het moment dat men, door scheiding of overlijden, alleen komt te staan dan pas merk je wat ware vriendschap is.

Het eerste jaar laat men doorgaans nog wel van zich horen, maar daarna wordt geacht dat je het hebt verwerkt en dan wordt het een stuk rustiger.

Maar de grootste ellende begint pas als je het geluk hebt weer een nieuwe relatie aan te kunnen gaan, dan lijkt het wel of je een moord hebt begaan en wordt je door velen met de nek aangekeken. Ze voelen zich ongemakkelijk en weten dit niet te accepteren of te respecteren.
Alsof je zou vergeten hoe je eerdere relatie was, alsof hier geen waardering en geen respect voor zou blijven bestaan.
Op zo`n moment ontdek je wie je ware vrienden zijn!

Opa Jan vertelde een anekdote over een ontmoeting in het ziekenhuis met een collega weduwnaar. Ook deze had dezelfde ervaringen gehad en werd rood van woede toen hij vertelde dat hij dacht veel vrienden te hebben, maar dat hij nu niemand meer over had.
Zijn dochter controleerde alles wat hij deed, als de dood voor een eventuele nieuwe relatie. De arme man werd gewoon bedreigd door zijn eigen dochter en durfde geen stap meer te zetten !

Hij had laatst een herdenkingadvertentie voor zijn overleden vrouw in de krant gezet met bovenaan de tekst:
"Ik dacht dat we veel vrienden hadden, misschien zijn ze bij jou want ik zie ze niet !"

*

De beide Opa`s en An schonken zich nog eens in en toosten op hun vriendschap alvorens aan tafel te gaan.

Het was gezellig zo met elkaar en na een laatste kop koffie begonnen ze aan de terugreis naar Laren.

Het was goed zo.

ZIJ MAAKT HET VERSCHIL

Dit is de titel van een bekende hit die vandaag de dag vele malen door de ether klinkt. Zij bezingt hoe de vrouw die wij hoog achten, het verschil maakt in ons leven; een zeer aangrijpend lied.

Nu is het inderdaad een feit dat wij vanaf onze geboorte met de vrouw te maken hebben, zij is degene die aan het begin van ons leven stond: onze moeder. Ook in de jaren daarna, tijdens onze opvoeding, speelt zij een belangrijke, zo niet de belangrijkste rol als verzorgster, als opvoedster, als schouder waar je op kunt uithuilen en ze troostte ons. Daarom is het logisch dat ze in ons leven, al of niet op de achtergrond, een grote invloed heeft.

Zij leerde ons als eerste het verschil tussen goed en kwaad, tussen mooi en lelijk, zij keurde onze daden goed of bestrafte ons voor de fouten die we maakten. Zij leerde ons hoe in het leven te staan.

Kortom: *"zij maakt het verschil".*

Ook in ons latere leven als we als man kennis maken met een andere vrouw, maken we onwillekeurig altijd een vergelijking met onze moeder.

We nemen ons vriendinnetje, onze eventuele toekomstige partner, onwillekeurig de maat met onze moeder in gedachten.

Een oneerlijke vergelijking natuurlijk en daarom zijn schoonmoeders dan ook zo gehaat !

En als we als vrouw kennis maken met een vriendje, is het eerste wat afgevraagd wordt: hoe zou moeder (en vader) hem vinden.

De steun die we van onze moeder ontvingen is dus bepalend voor onze mening over anderen van het andere geslacht. Het belangrijkste daarbij is dat we graag zien dat we gesteund worden, net zoals zij ons steunde.

Dus als we samen werken met een assistente of met een secretaresse, dan verwachten we ook steun en een luisterend oor van haar, zij moet ook een rots in de branding zijn waar je op kunt rekenen.

Een verpleegster wordt ook met dezelfde maat gemeten of zij wel goede verzorging geeft en een toeverlaat is op een moeilijk moment in je leven.

Zo zijn er vast nog wel meer voorbeelden te geven van de voorbeeldfunctie van de moeder, van wie men vroeger zei dat zij het nekje was waarop alles in het gezin draaide.

Nu willen we de functie van de man niet bagatelliseren want die is ook zeer van belang in een gezin, maar in dit hoofdstuk willen we ons deze keer op de vrouw richten.

*

Maar wat nu als er een situatie is waar dit ideaal plaatje niet bestaat, niet opgaat ?

Wat als je nu geen moeder gekend hebt of haar al jong verloren hebt ?

Wat nu als je moeder je niet gewenst hebt en afgestaan hebt ?

Hoe gaat het dan ?

Hoe leer je dan de waarden en normen van het leven ?

Hopelijk komt men dan terecht in een andere, maar ook zorgzame, omgeving waar je ook met liefde en aandacht wordt opgevoed. Maar het is niet te vergelijken met de ideale situatie.

Altijd blijft dan de vraag wie was ze of waar is ze. En daar komt geen antwoord op.

- Zou het die show bizz figuur zijn die zo vaak bij Boulevard is te zien ? Die de ene na de andere vriend aan de haak slaat. Die als een Madonna door het leven gaat, spuitend en slikkend ?
- Zou het dat aantrekkelijke vrouwtje zijn daar achter die gekleurde ramen ?

- Of die dakloze morsige vrouw die daar door de straten schuifelt en bedelt om een aalmoes ?
- Misschien die Mannentester van Heleen van Rooyen ?
- Zou het die femme fatale zijn die zich als een moderne Mata Hari door de wereld begeeft, handelend in wapens, in drugs, in geheimen ? Mata Hari die haar kinderen weggaf om zich over te kunnen geven aan de pleziertjes van het leven, het bed delend met een ieder die wat voor haar kon betekenen. En als verraadster gefusilleerd.

*

Verbaasd hoorden An en Opa Jan deze lezing aan die gehouden werd in de Concert zaal van het Rosa Spier Huis.

Er was wel een heel aparte spreker aan het woord, waar zou dit naar toe gaan ?

Nieuwsgierig luisterden ze naar het vervolg.

*

"Zij maakt het verschil", sprak de spreker, maar welk verschil wordt hier nu eigenlijk mee bedoeld ?

Aan de ene kant de vrouw als moeder, trooster en opvoedster in het leven en aan de andere kant degene die je afstoot, niet wenst en je vernederd ?

We hopen natuurlijk op de eerste rol, maar feit is dat de

vrouw - net als mannen - ook een andere kant aan hun persoonlijkheid hebben en naar mate je meer van haar afhankelijk bent je daar dan ook een positieve of negatieve invloed van kan ondervinden.

Ook in ons latere leven speelt de vrouw een grote rol. Op een gegeven moment vindt je als man de vrouw van je dromen en zij wordt je partner, je maatje en metgezel. Eenmaal verliefd zie je eventuele fouten van elkaar niet, maar in de loop van de relatie gaan die zaken toch opvallen en op een gegeven moment kan dat gaan wringen.

En dan kan de andere kant van de persoonlijkheid van de vrouw boven komen (bij de man natuurlijk ook) en de liefde kan plaats maken voor haatgevoelens met alle gevolgen van dien. De aantrekkingskracht voor elkaar gaat dan verloren.

Natuurlijk gaat het niet altijd zo, in een goede verhouding accepteer je eventuele fouten en gebreken van elkaar en dat kan wederzijds alleen maar ten voordeel strekken. Maar maak als man nooit de fout je vrouw te vergelijken met je moeder !

*

Een typisch geval van een vrouw die ons leert dat *"Zij het verschil maakt"*, is de Amerikaanse schrijfster Gigi Sage die de bestseller *"Hallo Tarzan"* heeft geschreven.

Mannen zijn volgens haar net zo gemakkelijk te dresseren

als paarden.

Gigi Sage (51) was in 1996 al op dat idee gekomen. De inmiddels internationaal geroemde Amerikaanse coach bekeerde zich tot *"mannenfluisteraar"* na het lezen van een artikel over Monty Roberts, paardenfluisteraar in real life. Haar eerste cursus *"Hoe train je je man"* was meteen een doorslaand succes. Inmiddels traint Sage vrouwen van alle leeftijden over de hele wereld.

Het idee komt volgens haar nog steeds op hetzelfde neer: *"ik leer je hoe je je man kunt coachen. De bedoeling is niet alleen de relatie met je partner, vader of zoon te verbeteren, maar met alle mannen. Ook met je baas en collega's."*

Het belangrijkste waar ze van uit gaat is mannen niet als vijand maar als kompanen te zien en ze op de juiste manier te benaderen. Want er bestaat niet alleen een paardentaal, maar ook een mannentaal.

Het geheim van Gigi Sage schuilt er volgens haar in dat ze vrouwen leert zichzelf toe te staan ook daadwerkelijk vrouw te zijn. En de man toe te staan man te zijn.

"Hallo Tarzan" heet haar nieuwste boek dan ook onder de zinspreuk: hoe word je een mannenfluisteraar.

De schrijfster wil dat vrouwen hun vrouwelijke kwaliteiten weer gaan kennen en inzetten. Want zolang vrouwen proberen een man te zijn, zullen ze niet optimaal succesvol zijn op de werkvloer of in relaties.

Volgens haar heb je als vrouw de capaciteit om de man te

coachen. Bijvoorbeeld met positieve gedachten: wat je over hem denkt wordt non-verbaal aan hem doorgegeven. Bijvoorbeeld door jezelf handig op te stellen kun je precies de resultaten krijgen die je wilt.

Gigi Sage predikt aan de hand van zeven gouden *"coachingvaardigheden"*:

- Observeren – wat maakt hem enthousiast;
- Nieuwsgierigheid – wees oprecht en geïnteresseerd;
- Acceptatie –accepteer dat de man anders is dan de vrouw, en accepteer wie hij is, net als de paardenfluisteraar het paard accepteert. Geniet van zijn mannelijkheid, van het beest in hem;
- Erkenning – geef oprechte complimenten;
- Aanmoediging – je man is net een renpaard, dat voor je rent en prijzen in de wacht sleept;
- Ontvankelijkheid – luister echt naar hem, en
- Toegeeflijkheid – zij die toegeeflijk is neemt de leiding over.

Tot zover over het boek *"Hallo Tarzan"* van de schrijfster Gigi Sage.

*

De spreker keek de zaal rond en zag vele verbaasde gezichten.

Waar had hij het over, het kon toch niet zo zijn dat mannen op die wijze gemanipuleerd zouden kunnen worden ?

Ja, toch wel, maar in het geval van Gigi Sage werden er louter positieve effecten beoogd, maar met dezelfde techniek kun je ook negatieve effecten bereiken.

Dus *"Zij maakt wel degelijk het verschil"*, sloot de spreker af, alleen is het de kunst haar op waarde te schatten en de belangrijkste keuzes zelf te maken. De belangrijkste taak van de moeder is een kind tot volwassenheid en onafhankelijkheid te brengen. De belangrijkste taak van de partner is niet deze rol van de moeder over te nemen, maar om een onafhankelijke relatie tot elkaar aan te gaan, als een maatje en geen opvoeder.

Want een ieder is aan elkaar gelijkwaardig en men moet elkaar in de waarde laten.

DADEN

Het was stil in de wachtkamer van het ziekenhuis. An keek zwijgend voor zich uit, het waren spannende momenten want Opa Jan werd geopereerd. Hoewel de arts heel positief was over de mogelijke afloop bleef er altijd die onzekerheid over de afloop op de achtergrond meespelen.

Wat duurde het toch lang en dat wachten duurde maar voort. Opeens kwam er een jonge vrouw binnenlopen ze ging zitten en las de krant. Na verloop van tijd vroeg deze vrouw aan An of ze soms geld kon wisselen voor de koffieautomaat.

Dat vond An een goed idee en al heel snel zaten ze samen aan de koffie. *"Waarvoor kom jij"*, vroeg An. *"Mijn Opa word op dit moment geopereerd en ik wil horen hoe het afloopt"*, was het antwoord.

Al snel kwamen ze tot de conclusie dat ze voor hetzelfde doel in het ziekenhuis waren en de jonge vrouw stelde zich voor als de kleindochter Demi. Maar nu werd deze nieuwsgierig wie An dan toch wel was.

Zij legde uit dat ze vroeger de secretaresse van Opa was geweest en dat ze hem nogal eens bezocht in het Rosa Spier Huis.

"Dan weet je dus wel veel van Opa", was de *reactie "Ik ken hem natuurlijk goed maar ik weet maar heel weinig over de tijd dat hij werkte".*

Op deze onverholen uitnodiging moest An natuurlijk wel reageren en ze begon te vertellen over de tijd dat zij nog samenwerkten.

*

Ze vertelde dat hun samenwerking zich afspeelde in de tijd dat zij beiden nog erg jong waren. Opa was indertijd de jongste ziekenhuis directeur van Nederland, maar had al een hele reputatie.

Opa had eerst bij een stichting gewerkt met vier verpleeghuizen met in totaal zevenhonderd bedden en was daar verantwoordelijk voor de bouwcoördinatie en de financiering van die huizen en begeleide die huizen bij hun exploitatie. Elke dag was hij in zijn auto onderweg naar een ander verpleeghuis, dat was een kolfje naar zijn hand. Hij werkte vanuit een Centraal Bureau in Utrecht.

Daarna werd hij aangenomen bij een Medisch Centrum met allerlei gezondheidszorg activiteiten dat in ernstige financiële problemen was gekomen. Het was elke maand maar weer de vraag of de lonen wel uitbetaald konden worden en de leveranciers moesten een half jaar wachten op hun geld.

Opa was er in geslaagd de boel weer op de rails te zetten, had gereorganiseerd en alles opnieuw gefinancierd.

Het was een geweldige operatie geweest maar het resultaat was dat het Medisch Centrum met zevenhonderd medewerkers voor een faillissement was behoed.

Als mens was het een markante man, vertelde An, hoewel nog jong werd hij erg gerespecteerd. Hij had de gewoonte om in een oude legerjeep rond te rijden, als het kon natuurlijk met open dak. De jeugdige patiënten op het Medisch Centrum waren er gek op en Opa was niet te beroerd om een stukje met hen rond te rijden. Als die Jeep ergens bij een ziekenhuis in de regio stond, dan wist iedereen dat hij daar was. Of het nou zomer was of winter, dat maakte niet uit: Opa reed in de Jeep, soms moest hij eerst de ijspegels van het dak halen, maar dat deerde hem niet.

Voor de gekste dingen was hij in, de ene keer stond hij een boom te planten op de Boomplantdag, een andere keer sleepte hij zijn secretaresse mee naar een kindercarnaval voor de kinderen van het ziekenhuis, of hij ontving de plaatselijke harmonie. Hij kocht ook voor de kinderen van het Medisch Centrum een busje waarmee ze konden kamperen, compleet met kampeeruitrusting. Geweldig vonden de kinderen het.

Hij rookte in die tijd aan de lopende band grote zwarte sigaren van het merk Dannemann, de omstanders werden al misselijk als ze er naar keken.

De financiële werkelijkheid en de complexiteit van het Medisch Centrum vroegen nogal eens om een onorthodoxe aanpak en dat was hem op het lijf geschreven.

Hij was een generalist die erg creatief en inventief was, met een prettig ouderwetse leiderschapsstijl waarbij hij oog had voor een ieder in de organisatie.

Er moest voortdurend bezuinigd worden om de exploitatie in evenwicht te houden en soms wist hij op de vreemdste manieren geld te creëren. Zo wist hij het totale terreinonderhoud onder te brengen bij een sociale werkvoorziening en de bouw van een Total Energie Installatie (Warmte/krachtkoppeling) te realiseren. Alleen al dat laatste project, wat een kosten besparing op de energie van vijftig procent betekende, gaf financiële ruimte voor een tiental extra verpleegkundigen.

Geen idee was te gek om te onderzoeken. De meeste economen hebben de neiging om alles als een kassier te beheren met de kreet: op is op. Maar de vaste uitdrukking van Opa was *"eerst beleid en dan financiën"*, waarmee hij bedoelde dat eerst het beleidsdoel geformuleerd moest worden en dat hij dan wel de bijpassende financiën probeerde te realiseren. *"Geld is gereedschap"* placht hij te zeggen en hij was altijd bereid met Bankiers een dekking te vinden voor de meest uitgebreide investeringsplannen.

Hij had een warme belangstelling voor techniek, vandaar dat bouwprojecten als de bouw van een school, een verpleeghuis, een conferentieoord, een keuken, een operatiekamercomplex etc, hem op het lijf waren geschreven. Ook automatisering was zijn stiel.

Een steeds terugkerend onderdeel waren de plannen om

het Ziekenhuis te sluiten, alles werd dan steeds uit de kast gehaald om deze plannen te torpederen.

"Maar", zei Demi *"Dat klinkt wel erg ingewikkeld, wat vond hij eigenlijk het leukste ?"*
Wat hij het leukste en belangrijkste vond was het omgaan met de mensen, vervolgde An, dat was volgens hem negentig procent van het werk. Vooral in de Gezondheidszorg, daar werken mensen vóór mensen en elke maatschappelijke verandering doet zich daarin voelen. Werkers in de Gezondheidszorg staan ten dienste van de vragers van de zorg en diegenen die hen daarnaar doorsturen, de huisartsen.

Men moet zich daar ten volle van bewust zijn, het omgekeerde is zeker niet het geval, alhoewel sommige medische specialisten dat wel denken en zich als witgejaste goden gedragen. Ook zij kunnen niet zonder de gunst van de vragers en worden afgerekend op hun kwaliteit van handelen.

Als ziekenhuis directie ben je als het ware de dirigent in dit krachtenveld. Marketing is daarin wezenlijk: luisteren naar de vragers en de doorverwijzers en je aanbod daarop aanpassen. Daarnaast is het managen en aanpassen aan de vraag van de organisatie zeer belangrijk.

*

An raakte helemaal op haar praatstoel en diste het ene na het andere smeuïge detail op.

"We konden het heel goed met elkaar vinden en erg goed samenwerken", zei ze tot Demi. Deze vond het prachtig om wat meer te horen over het leven van Opa, van lang geleden toen zij nog niet geboren was.

"Maar", zei An, *"we hebben ook vaak verdrietige dingen meegemaakt. Dat hoort ook bij het leven daardoor zijn de mooie dingen extra mooi".* Er zijn regelmatig grote problemen op directie- en bestuursniveau geweest en ook met de Medische Staf en de Ondernemingsraad, dan kwamen de minder mooie kanten van de mensen naar boven, dat was heel zwaar.

Er kwam een verpleegster aanlopen, ze schrokken beiden: wat voor bericht zou ze meebrengen ?

"De operatie is volledig geslaagd " zei ze op gerust-stellende toon *"binnen tien dagen kan hij weer naar huis".*

Een grote opluchting maakte zich van An en Demi meester, *"Wanneer kunnen we hem bezoeken",* vroegen ze. Maar dat kon pas de volgende dag, dus ze gingen maar naar huis en spraken de volgende dag af om Opa op te zoeken.

Maar eerst gingen ze samen even wat eten want van al dat wachten werd je maar flauw, maar bovendien konden ze dan nog even wat verder praten. Ze wilden elkaar natuurlijk wat beter leren kennen en misschien wist An nog meer te vertellen....

AANVAARDEN

Het was een bijzondere avond: de zoon van Opa Jan kwam hem ophalen. Ze zouden samen naar de Vrijmetselaarsloge van Opa gaan waar hij een Bouwstuk zou opleveren.

Dat is een mooi woord voor een lezing. Het was alweer een tijdje geleden dat hij dat voor het laatst had gedaan en hij was vereerd dat men hem hiervoor had gevraagd.

Het was voor het eerst dat zijn zoon mee ging en dat maakte het voor hem heel bijzonder.

Zijn zoon was altijd al belangstellend geweest voor de Vrijmetselarij, maar had lang geaarzeld om lid te worden. Een paar jaar geleden was hij echter toch ingewijd.

Ze werden in de Loge hartelijk welkom geheten en na een kop koffie begon de bijeenkomst. Na het huishoudelijke gedeelte kreeg Opa Jan het woord en hij sprak de volgende woorden:

"Achtbare Meester, waarde broeders, het is mij een genoegen om op de laatste comparitieavond van dit seizoen voor u een Bouwstuk op te mogen leveren.

Vanavond wil ik het met u hebben over: *aanvaarden*.

Als we terugblikken op het afgelopen werkjaar dan kunnen we werkelijk spreken over een zeer bijzonder jaar.

In september waren er de Open Dagen, gevolgd door twee avonden voor belangstellenden in november.

Dat was, om het maar eufemistisch uit te drukken, heel bijzonder. Bijzonder voor de broeders die daarbij mee hielpen, maar voor diegenen die als gevolg daarvan lid werden, onvergetelijk.

Als gevolg daarvan werden er een groot aantal kandidaten ingewijd .

De eerste helft van het werkjaar waren we voornamelijk getuige van stuk voor stuk bijzondere bouwstukken en ook in het tweede deel konden we daarvan genieten.

Het ging over een veelheid van onderwerpen uit de theologie, de filosofie en de wetenschap.

Het is een Rijkdom dat dit in deze Loge gebeurd, dat op deze wijze een ontmoeting met andersdenkenden tot stand komt tussen mannen die elkaar, naar alle waarschijn-lijkheid, nooit in het "normale" leven zouden hebben ontmoet.

*

Als we, nogmaals, terugdenken aan de genoemde Bouwstukken, valt ons de grote verscheidenheid op.

Als we in onze gedachten die film proberen terug te draaien, dan zien we opnieuw de verschillende achtergronden en drijfveren van de sprekers.

We hoorden over hun persoonlijke moeilijkheden, hun dilemma`s, hun levensvragen, hun pijn en ook hun verdriet.
Maar ook over de door hen bewandelde weg om daaruit te komen, de les die ze hadden geleerd en hun advies aan ons.
Ook brachten ze hun inzichten op het leven, de godsdienst en de maatschappij naar voren. En dat alles wilden ze met ons delen, met hun medebroeders.

Ik probeer me wel eens voor te stellen hoe het zou zijn als we al die verhalen zouden bundelen tot een boek, zou dat dan een bestseller worden ?
Ik weet het niet zeker, maar ik denk het niet. Want je moet er bij zijn geweest, je moet de interactie hebben ervaren, de stem gehoord hebben, het gezicht gezien hebben en de pijn gevoeld hebben; en dat ervaar je niet door een boek.

Dit kan alleen in de veilige beslotenheid van een Loge, binnen de getande rand, tussen lotgenoten.
Op die achtergrond wil ik vanavond wat verder ingaan.

*

De gehele vrijmetselarij berust op de drie belangrijkste vragen van het leven:

- Wie zijn wij ?
- Vanwaar komen wij ?
- En waarheen gaan wij ?

De antwoorden op deze essentiële vragen zijn:

- Wij zijn levende wezens wier leven zich afspeelt op één nietig punt in de onmeetbare eeuwigheid. Dit moment, het nu, bevindt zich tussen een eindeloos verleden en een oneindige toekomst.
- Stof komt uit stof, maar de geest die in ons is, komt uit de grote bron van alle bestaan.
- Wij gaan de eeuwigheid tegemoet.

Wij leren in de Vrijmetselarij dat onze levenstaak is: voor- en tegenspoed op de juiste wijze te ondergaan en onder alle omstandigheden te handelen met rechtvaardigheid en billijkheid.

In die bouwstukken, die ik noemde, kwam die worsteling naar voren die onze medebroeders, die wij allemaal, moeten doormaken om tot dat inzicht te komen en om te komen tot de aanvaarding van ons lot.

De Vrijmetselarij biedt een leerschool, een methode, om tot inzicht te komen tot je eigen ik. Om dat te aanvaarden en een plek te geven en om vervolgens vrij te worden.

We blijven vaak, en dat is heel menselijk, in ons verleden hangen.
Naast alle mooie en goede dingen in het leven, popt als het ware dat verleden steeds weer op.
Je ziet dat bijvoorbeeld heel goed bij een programma als

Spoorloos: mensen die op allerlei manieren zoeken naar een vader of moeder. Men lijdt daar vreselijk onder.

Ze dachten dan dat als ze die gevonden hadden, hun probleem opgelost zou zijn.

Maar dat hoeft niet zo te zijn, veel mensen blijven hangen in het verleden: Als dit niet gebeurd zou zijn, dan.....Dat helpt niemand.

Waar het om gaat is dat je accepteert dat het er altijd zal zijn, dat je er je leven lang last van zult hebben, maar dat je tegelijkertijd ook probeert iets moois van je leven te maken.

Het leven is een zoektocht naar evenwicht, naar harmonie en om vrij te worden van angsten.

Daarvoor is aanvaarden essentieel en de werkwijze van de vrijmetselarij is daarbij een fantastisch hulpmiddel om op dat punt te geraken.

*

Wij allen hebben littekens. Allemaal hebben we een geschiedenis mee te dragen. Soms zijn die littekens zichtbaar, door b.v. een handicap. Maar vaak zit het in ons, als een stil verdriet.

Het kan van alles zijn: het verdriet om het verlies van een kind of een geliefde; het onbegrip rond een gebeuren in de jeugd, die vader of moeder die nooit gekend is, een scheiding en ga zo maar door.

Gebeurtenissen op de werkvloer, tijdens de studie etc.

Al die zaken samen hebben ons gevormd en soms

misvormd tot wie we nu zijn.

En dan heb ik het nog niet eens over zaken die anderen meemaakten tijdens een oorlog of rassenvervolging en waarvoor men op de vlucht is.

Het volgende gedicht van Hagar Peeters beschrijft een droom, waarin van alles gebeurt. Het gaat over haar ouders.

Vannacht kwam ik mijn ouders tegen

Vannacht kwam ik mijn ouders tegen,
twee bleke schimmen die naar elkaar
toe negen in het witte licht van een lantaarn.

Aan hun geluk te zien kon ik nog niet
geboren zijn. Ze waren jong en heel verliefd.
Een groot verdriet bedroefde mij
omdat ik wist hoe het zou verdergaan.

Zij schaterde om iets dat hij haar toegefluisterd had.
Hij lachte hard zoals hij nog vaak doet.
We wisselden een beleefde groet
en daarna scheidden zich weer onze wegen.

'Wacht maar', riep ik hen na,
wij komen elkaar nog wel eens tegen.
Gearmd gingen ze zwijgend om een hoek.

Zouden de dingen van vroeger op de een of andere manier later in je leven terugkeren. Zouden de mensen die je vroeger tegenkwam, nog leven en zich weer aan je voordoen? Is het verleden wel voorbij of draag je het nog steeds met je mee? Frans Kafka schreef bijvoorbeeld een brief aan zijn vader. Hun verhouding was bijzonder slecht. Het was een brief vol verwijten. Kafka heeft hem nooit op de bus gedaan. Hij durfde niet. Heel zijn leven is zijn vader en het beeld dat hij van hem had, in hem blijven leven en voortwoekeren.

Je keert terug naar de stad van je jeugd, naar het dorp waar je bent geboren en opgegroeid. Je loopt door de straat en herkent de huizen.
Alles is nu na jaren veel kleiner geworden. De herinnering groter. Daar staat het huis waar je veel kwam. Je speelde er bij een vriendje na schooltijd en op zondagen. Zou die lange trap er nog zijn met boven aan die bocht, een gang en dan de kamer. In de grote kamer de hoge tafel met de stoelen eromheen, de lampenkap, en tegen de muur een soort van piano, een harmonium.

Er bestaat een verhaal over de verhuizing van een harmonium, door een nauwe trap. Pas nadat het ontdaan is van het houten omhulsel, kan het de draai in het trapgat maken. Het was verhuisd en op zijn plaats gezet, maar spelen kon het nooit meer.
Het verhaal suggereert, dat zo ook het geloof van de jeugd, van vroeger ontdaan moet worden van zijn omhulsel, wil

het zijn plek in je innerlijk huis krijgen.

Het verleden is de dragende balk waaraan alles hangt. Het is het innerlijke gesprek met wat je telkens weer verbaast, verwondert en verwart. Het is je innerlijk geheim.

*

En zo wordt menigeen verscheurd door herinneringen aan vroeger, want het verleden sleep je altijd met je mee.
Zo is me het verhaal bijgebleven van een vriend die behoorlijke gezondheidsproblemen had. Het leek hem alsof er symbolisch een steen op zijn borst drukte en gaandeweg kwam hij tot de overtuiging dat het te maken had met de houding van zijn ouders in zijn jeugd.

Want wat het ergste was, was het niet begrijpen.

Waarom toch, ja waarom behandelde zijn moeder hem als een stuk last waar zij geen enkel teken van liefde tegen gaf. Ze behandelde hem meer als een ongewenst en erg lastig kind, heel anders dan de andere kinderen in het gezin.

Waarom toch, waarom !!

Op haar sterfbed fluisterde zijn moeder hem de woorden toe: *"ik wou dat het anders gegaan was"*, en blies direct daarna haar laatste adem uit, hem verbaasd achter latend.

Na haar overlijden vond hij in de nalatenschap eindelijk het antwoord.

Een familielid had in de oorlog een kind verwekt bij een ander familielid, dat was natuurlijk een grote schande. Zijn ouders hadden tegelijkertijd een miskraam te verwerken en dat bleek de oplossing: dat niet gewenste kind werd ondergebracht bij zijn ouders en stond daardoor op hun naam bij de burgerlijke stand.

En zo kon het gebeuren dat hij enerzijds in het trouwboekje van zijn ouders zijn eigen overlijdensverklaring las en anderzijds het adres van zijn biologische moeder vond. Het waren de roerige jaren van de oorlog en vlak erna, daar is veel gerommeld bij de Burgerlijke stand, vooral in dat betreffende ziekenhuis, wat een mengpoel was van Duitsers, Joden, Verzetsmensen en de kinderen die voortkwamen uit hun onderlinge relaties.

En nu rijdt hij regelmatig naar zijn biologische moeder toe en deze ontmoeting heeft de druk van hem afgenomen, de steen op zijn borst is eraf en hij voelt zich werkelijk bevrijdt.

*

In de kunst en cultuur zijn we ook vaak getuige van uitingen die geïnspireerd zijn door vroegere gebeurtenissen. Auteurs baseren er vaak hun boeken op, het is een voortdurend gegeven dat gebruikt wordt om te laten zien hoe men ondanks dat alles verder kan gaan.

Denk bijvoorbeeld ook aan de recent overleden Ramses Shaffy, geboren in Parijs uit een weggelopen Egyptische vader en een harteloze moeder die hem als klein kind op de trein zette naar een onbekend Holland en een al even onbekende tante.

Dat ging natuurlijk mis en er volgde een leven in talloze tehuizen tot hij in een liefdevol pleeggezin werd opgenomen.

De *eenzaamheid* van zijn jeugd werd een grote inspiratiebron voor prachtige liederen die hij ons steeds met verve bracht.

Denk aan de door de ouders als klein kind op Terschelling achtergelaten Liesbeth List, die liefdevol door de vuurtorenwachter en zijn vrouw werd opgevoed. *Verstoten* ging ze door het leven, tot ook zij zich via het lied tot ons richtte.

De ontmoeting van Ramses en Liesbeth was haast een mystieke eenwording, niet seksueel van aard, maar van een hogere dimensie, reikend naar de hemel en ons de hand reikend met hun inspirerende en troost gevende optredens.

Ze waren de eenzaamheid voorbij en lieten ons zien dat er ook hoop was.

Ze lieten samen het publiek mooie dingen zien en horen, vanuit hun vrijheid !

Ze zijn doorgegaan ondanks ziekte en ellende tot de dood van Ramses hen scheidde, maar in de geest zullen ze altijd samen blijven. Ze hebben tot het laatst samen opgetrokken zonder angst en in een zeker weten.

Om het maçonniek te zeggen:
Ze zijn langs de buitenste duisternissen gegaan en hebben het nieuwe leven gevonden.

*

De waddeneilanden zijn trouwens toch regelmatig het decor van dramatische gebeurtenissen.
Zo waren we laatst bij een optreden van Boudewijn de Groot in een uitverkocht theater het Spant in Bussum.
Ook al een man met zo`n stil verdriet: op 20 mei 1944 geboren in een Japans interneringskamp in Batavia, voormalig Nederlands-Indië. Zijn moeder overleed in juni 1945 in het Jappenkamp Tjideng. Na de oorlog, in 1946, keerde het gezin terug naar Nederland, waar de kinderen, Boudewijn, zijn broer en zijn zus, in verschillende gezinnen werden ondergebracht, zodat zijn vader kon terugkeren naar Indië. Zo kwam Boudewijn terecht in het gezin van een tante in Haarlem.

Als een ware troubadour voerde Boudewijn ons door de avond, begeleid door een uitstekend orkest, en eindigde de avond met het ontroerende lied:
De Vondeling van Ameland.

Het verhaalde van een baby die vastgebonden op een reddingsboei overboord gegooid was en aanspoelde op het strand van Ameland en daar werd gevonden door een jutter die het opvoedde.

Eenmaal als jongeman was hij steeds aan de zee te vinden, tot hij op een dag bij de avondzon zich geheel uitkleedde en de zee inliep tot hij door de golven verzwolgen werd, alsmaar roepend:

IK KOM ERAAN !!

Het hele Spant hield het haast niet droog toen Boudewijn dit imposante lied , dat ons door de ziel sneed, besloot met de woorden:

> Ik kom er aan, ik kom er aan
> Zee wind zon oceaan
> Ik kom er aan
> Ik kom er aan, ik kom er aan
> Zee wind zon oceaan
> Ik kom er aan…

*

Toen wij als kandidaat aanklopten aan de Tempelpoort van de Loge hoorden we de woorden:

> Zoekt en gij *zult* vinden
> Vraag en gij *zult* antwoord ontvangen

Klop en u *zal* worden opengedaan.

Elk vanuit onze eigen achtergronden klopten wij aan en allemaal hoorden wij deze woorden. Hoe vaak hebben wij niet gehoord dat kandidaten zich direct thuis voelden en zeiden het gevoel te hebben eindelijk thuis te zijn.

Het leven van de mens is te vergelijken met een zoektocht, om de pijn en de eenzaamheid achter zich te laten; en hier in de Loge kreeg menigeen het gevoel dat aan die zoektocht een einde was gekomen, dat men nu thuis was.

Dan ontstaat er ruimte voor innerlijke rust, tot zelfontplooiing, tot ruimte om de talanten optimaal te benutten.

Niet binnen een keurslijf van een commerciële organisatie waar men moet presteren, maar binnen een waarlijke broederschap, waar harmonie heerst.

Hier bestaat een door broederliefde gedragen tolerantie. Die geeft lucht in plaats van te verstikken.

De uitgangspunten van de Vrijmetselarij zijn bekend en ook de methode.

Deze laatste is heel bijzonder in die zin dat door een schijnbaar ouderwetse en eeuwenoude vergaderstructuur er heel veel bereikt wordt.

Op het eerste gezicht ontneemt die structuur de spontaniteit aan de comparities, maar bij nadere beschouwing dwingt het tot nadenken alvorens men (gelimiteerd) het woord krijgt.

Het dwingt zo ook tot goed luisteren en dat is feitelijk het belangrijkste wat we leren.

Spreken is Zilver, Luisteren is Goud.

Bovendien zijn we mannen vanuit allerlei verschillende achtergronden qua werk, geloof, afkomst en opleiding, het hier naar luisteren is leerzaam en opent letterlijk deuren in onze hersenen.

De kracht van de Vrijmetselarij zit in de Loge`s, daarin werkzaam te zijn geeft de meeste voldoening.

*

We gaan gezamenlijk die weg waarbij we ons zelf beter leren kennen, onze verhouding tot onze naaste en de verhouding tot het AL.
In het Meesterritueel komt ons doel duidelijk naar voren, het achter je kunnen laten van je verleden; dat je moet aanvaarden en loslaten.
Dat je opnieuw moet en kunt beginnen.

Ik zei het al eerder het leven is een zoektocht naar evenwicht, naar harmonie en om vrij te worden van angsten.
Daarvoor is aanvaarden essentieel. De Loge leert ons die weg te gaan.

Concluderend kan gezegd worden dat dit werkjaar een perfect maçonniek jaar was waarbij onze uitgangspunten ten volle naar voren kwamen:

- We gaven op een perfecte manier voorlichting, niet opdringerig maar ruimte gevend.
- Met grote zorgvuldigheid werden kandidaten begeleid en ingewijd.
- De dames werden er duidelijk bij betrokken.
- Er was ruimte voor iedereen om z`n ei te leggen.
- Ook onze maatschappelijke betrokkenheid werd niet vergeten.
- We zorgden voor de zieken onder ons en gaven de laatste eer aan hen die in het Eeuwig Oosten zijn opgenomen.

Maar wat het meest opviel was de grote broederlijkheid, met bijzondere ontmoetingen tussen jong en oud.
Bijvoorbeeld tussen Broeders met een leeftijd verschil van tachtig jaar die met elkaar praten.

Dat tekent de kern: het doorgeven van ervaringen van maçonniek ouderen aan maçonniek jongeren, van jong naar oud en vice versa.
Er zijn geen barrières, er is alleen maar broederschap.

Moge het volgende werkjaar ook zo zijn.
Achtbare Meester, ik hoop hiermee aan uw opdracht te hebben voldaan."

*

Na de pauze ontstond er een diepgaande, interessante en verrassende gedachtewisseling tussen de broeders en Opa Jan. De zoon hoorde dit ademloos aan, verrast door hetgeen zijn vader naar voren had gebracht.

Na afloop reden ze nog onder de indruk terug naar Laren, de zoon wist niet goed wat te zeggen. Maar hij was vast van plan hierop terug te komen, zo kende hij zijn vader niet. Hij dacht altijd *"hij is oud en weet het niet goed meer"*, maar nu wist hij dat hij er helemaal naast zat.
Ook dat moest hij verwerken en vooral *"Aanvaarden"*.

TEKENS VAN DEZE TIJD

"Die avond, dat het stil werd in de lucht....."

Vorige week dinsdagavond was de normale wandeling met de hond heel stil, het gebruikelijke geluid van overtrekkende vliegtuigen was verstomd.

Wat restte was stilte, de stilte van de dood, die naast beklemming ook angst meebracht.

De wereld stond die dag stil, stil na die monsterlijke en allesvernietigende aanslagen in Amerika. Gebeurtenissen die een doorgang naar een andere tijd markeerden.

De 11e september 2001 zal altijd een dag blijven die in onze herinnering gegrift zal staan, een dag waarvan de beelden ons lang, zeer lang zullen bijblijven.

We zagen de paniek, de zoektocht naar overlevenden en we zagen de helden van New York, de brandweermannen waarvan zoveel collega`s waren omgekomen.

We zagen de wanhopige ondernemer die 700 van zijn 1000 werknemers moest betreuren.

We zagen hoe in de kathedraal van Washington werd gerouwd en gebeden; en het hele land zich om hun president schaarde in deze tijd van ultiem verdriet.

Gevoelens van onbegrip en woede streden om voorrang, maar tegelijkertijd kwam het besef naar boven dat een traditionele reactie niet het juiste antwoord kon zijn op deze nieuwe vorm van terrorisme, op dit nieuwe gevaar zonder gezicht.

Er ging niet alleen een schokgolf door Manhatten, maar door de hele wereld, ja door ons hart.

Die dag kwamen velen, ja duizenden, niet meer thuis en lieten daardoor de achterblijvers verdrietig en verslagen achter. Kinderen vroegen zich angstig af of ze wel zouden worden opgehaald van school en zo ja door wie: zouden het hun ouders wel zijn die ze die morgen nog gedag hadden gekust.....

*

Op deze wijze begon de spreker zijn lezing in de Concertzaal van het Rosa Spier Huis. De lezing was aangekondigd als een beschouwing over *"Tekens van deze Tijd"*.
Het was een intrigerende titel van een lezing waardoor de spreker zijn gehoor wilde overtuigen van het feit dat er meer is dan het oog kan zien.

De gebeurtenissen op de 11e september 2001 waren, zo vervolgde hij, de beste illustratie voor het feit dat de bevolking op een slinkse wijze bedrogen en gemanipuleerd werd.

Want kort na deze fatale gebeurtenissen kwamen er allerlei vreemde berichten rond President George W. Bush naar voren.

Hij was op het moment van de aanslag in een lagere school op bezoek en las de kinderen voor. Een medewerker fluisterde hem het verschrikkelijke nieuws in, hij verstarde maar ging door met voorlezen. Pas na geruime tijd ging hij weg om leiding te geven....

Hierover is een intrigerende documentaire gemaakt die zeer onthullend is.

Direct werd aangekondigd dat de daders bestraft zouden worden en met name Irak, want Saddam Houssein had Al Quada gehuisvest in zijn land. Deze ontkende dat direct, net zo als hij ontkende dat er massavernietigingswapens waren.

U kent de uitkomst: Irak werd aangevallen door Amerika en Engeland ondanks dat al twee weken daarvoor bekend was dat er geen massavernietigingswapens waren en het feit dat Al Quada in Afghanistan zat.

Er bleek veel later, mede door de documentaire, dat al voordat Bush jr. zich kandideerde voor het presidentschap er overleg in Texas was met de latere Vice-president Dick Cheney, de latere Minister van Defensie Donald Rumsfeld en de latere Nationale Veiligheidsadviseur Condoliza Rice, waarbij plannen gesmeed werden om Irak aan te vallen om een eind aan het bewind van Saddam Houssein te maken, dit met het doel om olieleveranties aan Amerika veilig te stellen.

Boze tongen beweerden alras dat de aanslagen van 11 september uitgevoerd waren onder leiding van de Geheime Dienst met het doel het klimaat te creëren om tot een aanval op Irak over te kunnen gaan.

Want was het bijvoorbeeld niet vreemd dat er een vliegtuig in het Pentagon was gevlogen, maar dat op geen enkele bewakingscamera iets te zien was, dat er geen restanten van een vliegtuig werden gevonden en was het soms toeval dat de betreffende vleugel van het Pentagon net verbouwd werd en dus leeg was ?

En zo kon men op Internet talloze vreemde voorbeelden en inconsequenties vinden.

Maar als hier maar iets van waar zou zijn, zou Bush jr. dat dan echt zelf hebben bedacht ? Of zat hier een duister complot achter ?

*

En hier komen we op de Skulll & Bones.

The Order of Skulll and Bones is een geheim genootschap van studenten van de beroemde Yale-universiteit.

De broederschap, die veel invloedrijke figuren uit de politieke en zakenwereld heeft voortgebracht, werd in 1832 opgericht door de latere Amerikaanse generaal William H. Russell en de latere Minister van Oorlog Alphonso Taft. In 1992 werd het lidmaatschap voor vrouwen opengesteld.

Het nummer 322 in het beeldmerk van Skulll and Bones refereert aan het jaar 322 v.Chr., waarin de Griekse redenaar Demosthenes en filosoof Aristoteles overleden. Eulogia, de Godin van Welbespraaktheid, nam toen haar plaats in het Pantheon in.

Er zijn echter ook aanwijzingen dat 322 verwijst naar Genesis 3:22 waarin staat dat de mens gelijk is aan God; er staat letterlijk: *"En de Here God zeide: Zie de mens is geworden als Onzer een door de kennis van goed en kwaad; nu dan, laat hij zijn hand niet uitstrekken en ook van de boom des levens nemen en eten zodat hij in eeuwigheid zou leven"*.

Dit kan een mogelijke doelstelling van Skulll & Bones zijn. Leden van Skulll and Bones noemen zichzelf Knights of Eulogia en duiden de rest van de mensheid aan met de term barbaren.

Het genootschap heeft een tempel (The Tomb) op het terrein van de Yale-universiteit. Verder bezit het genootschap onder andere een vakantiewoning en een privé-eiland (Deer Island) aan de grens met Canada. Volgens geruchten bezit de vereniging botten van verschillende grootheden uit de geschiedenis van het Amerikaanse continent, waaronder van Geronimo, Pancho Villa en Che Guevara.

Algemeen wordt aangenomen dat schedels, botten en andere symbolen met betrekking tot de dood, een belangrijke rol spelen in de bijeenkomsten in The Tomb.

De organisatie kwam onder andere in 2004 in het nieuws toen in interviews met Tim Russert bleek, dat zowel president George W. Bush als zijn toenmalige rivaal John Kerry lid van Skulll and Bones waren vanaf hun studie aan Yale. Geen van beide presidentskandidaten gaf details weg over de "studentenvereniging". Ook voormalig president George H.W. Bush en diens vader Prescott Bush (grootvader van George W. Bush) waren lid van het genootschap, alsmede leden van de Heinz- en Rocke-fellerfamilies en van de regering Clinton.

In 2007 kwam de organisatie opnieuw negatief in het nieuws, toen een student aan de Universiteit van Florida vroeg of John Kerry niet protesteerde tegen de verkiezingsoverwinning van George W. Bush omdat zij beiden lid waren geweest van Skulll and Bones. De student werd vervolgens opgepakt en publiekelijk met een taser bewerkt door de aanwezige politie. Hij is veroordeeld voor verstoring van de openbare orde en voor verzet tegen een arrestatie.

*

Bij het lezen van het bijzondere boek *"Skulll & Bones, de geheime macht van Amerika's elite"* van Andreas Von Rétyi huiver je als hij een donkere spelonk van onze moderne geschiedschrijving blootlegt...

Hier in lees je dat Skulll & Bones een ultra geheim Amerikaans genootschap is dat in Nederland niet helemaal onbekend is omdat de geschiedenis ervan in 2000 werd verfilmd en er in 2004 bij Nova een documentaire aan werd gewijd. Het genootschap bestaat vanaf 1832 aan de Amerikaanse elite – universiteit Yale en is veel meer dan een onschuldig studentenclubje. Ieder jaar worden er 15 nieuwe 'uitverkorenen' gekozen die, wanneer zij accepteren, een lugubere initiatie moeten ondergaan, om zichzelf vervolgens te kunnen rekenen tot de Amerikaanse machtselite.

Veel grote Amerikaanse wereldleiders werden lid van dit genootschap, waarbij de familie Bush eruit springt als een doorgewinterde Bones – familie met drie generaties leden in de mannelijke lijn: de grootvader van de huidige president George W. Bush werd lid (in 1917), hijzelf in 1968 en zijn vader George Herbert Walker Bush, die als Amerikaans president vóór zijn zoon uitvinder was van het begrip 'De Nieuwe Wereldorde', werd lid in 1948. Hierdoor interesseert dit genootschap ons uiteraard in hoge mate. Want wat behelst deze club en welke normen en waarden worden er binnen deze club uitgedragen, ofwel: vanuit welk broeinest worden de leden gevormd die later besluiten nemen over het welzijn van miljarden mensen?

Andreas von Rétyi beschrijft hoe er vanuit 'The Tomb' –

een tempel en het 'verenigingsgebouw' van de Bones op de campus van Yale – via een bloedstollende initiatieritus die sterk geworteld is in het occulte met een dodencultus waarbij de nieuweling als het ware van een geweten moet worden bevrijd, een luguber en kronkelig pad loopt naar talloze praktijken die het daglicht niet kunnen verdragen en die maar één doel hebben: verrijking en machtsexpansie.

De conclusie van de schrijver is dat het doel van de Skull & Bones is bestaande machtsstructuren op de hele wereld door gerichte acties te verstoren, waarbij oorlogen niet geschuwd worden, in tegendeel zelfs.
Na een periode van onrust poogt men dan greep te krijgen op de nieuw te vormen machtsstructuur en daarmee dan hun voordeel te doen.
Om dit doel te bereiken streeft men er naar om hun leden op machtige posities in Overheidsorganen en in de Regering te plaatsen.
Ze maken chaos om dan hun *"orde"* te creëren.

Dat het voormalige bedrijf van Vice-president Dick Cheney een miljarden opdracht kreeg om Irak op te bouwen, geeft in dit licht zeker te denken.

*

Zijn er dan helemaal geen tegenkrachten ? Zijn we werkelijk overgeleverd aan deze - en wellicht nog andere - intriges die ons leven en de samenleving bedreigen ?

Ja, en hier komen we op de Amerikaanse verkiezingen van 2009.

Het ging toen om Barack Obama namens de Democraten en McCain namens de Republikeinen.

Barack bleef het nieuws bepalen en het bleef intrigerend om te zien hoe één en ander verliep.

Steeds opnieuw was er een gebeurtenis die het nieuws bepaalde.

De rondtocht van Barack Obama door het buitenland, met als hoogtepunt zijn inspirerende toespraak in Berlijn in 2008, was al even terug, maar toch wist hij dit niet uit te buiten in een definitieve voorsprong.

Blijkbaar was er toch nog veel aarzeling om definitief voor hem te kiezen.

Men had veel sympathie voor hem en men vond McCain te oud, maar toch; die aarzeling had toch betrekking op zijn persoon.

Zou hij misschien toch een moslim zijn? Zou hij een leeghoofd zijn? Zou hij te elitair zijn? Hij had nog nooit leiding gegeven, dus kon hij wel een goede Opperbevelhebber zijn? En dat soort vragen.

De spreker wees op een intrigerende omschrijving van Barack Obama in het blad Elsevier:

"De kandidaat die net zo zwart is als wit".

Dat bleef hem maar intrigeren, er ging een hele wereld achter schuil.

De man met een pikzwarte vader, een lelieblanke moeder, opgevoed bij blanke grootouders, gezeten op christelijke-, katholieke- en moslimscholen, super cum laude afgestudeerd, voormalig soft drug gebruiker, opbouwwerker in de sloppenwijken van Chicago, hoogleraar, gemeenteraadslid en senator, maar wie is hij?
Hij stond zich niet voor op welke achtergrond dan ook, hij was zwart noch wit.

De spreker sprak de overtuiging uit dat deze man juist door zijn achtergrond de ultieme oplossing voor Amerika kon zijn, hij stond boven alle partijen en kon daardoor de broodnodige verzoening tot stand brengen in een nog altijd verscheurd land.
Ook de verschillen in de rest van de wereld, die zo vaak een godsdienstige achtergrond hebben, zouden door hem overbrugd kunnen worden.
Zijn hele houding en uitstraling, zijn manier van omgaan met mensen en zijn empathie zouden wel eens de smeermiddelen kunnen zijn, nodig om mensen en landen bij elkaar te brengen.

Hij was er van overtuigd dat de wereld uit zwart en wit bestaat, niet alleen qua ras, maar ook in de problemen die spelen.
De mensen denken namelijk ook meestal in zwart en wit, ze handelen zelfs in zwart en wit!
De één leeft een eerlijk leven, maar de ànder neemt het niet zo nauw.

De economieën op de wereld beginnen ook steeds meer die verschillen te tonen, het zwarte en het grijze geld circuit is net zo groot in omvang als het officiële witte geld circuit.

Maar omdat de één niet zonder de ander kan, wordt het steeds urgenter dat er samengewerkt gaat worden en dat er nieuwe oplossingen moeten komen voor al lang bestaande problemen.
Dus is het zaak nieuw leiderschap te vinden en daar lijkt Barack Obama de geschikte persoon voor te zijn: hij is bereid om minder voor de hand liggende oplossingen te zoeken, om van de gebaande paden af te wijken en om met mensen te praten die tè lang genegeerd zijn.
Optimisme moet weer heersen over pessimisme!

Want, zoals hij zegt, Amerika bestaat niet uit roden en blauwen (Republikeinen en Democraten), Nee Amerika is de *Verenigde* Staten van Amerika en als *verenigd* land tot grootse prestaties in staat.

En zo is het ook met de wereld: ieder op zich is in staat het de ander zo moeilijk mogelijk te maken, ja zelfs te vernietigen; maar dan?
Wat is de winst? Een onleefbaar land? Een kapotte economie? Nog meer vluchtelingen? Nog meer armoede?
Dat is geen winst, maar verlies voor alle partijen.

En dus is het zaak andere oplossingen te zoeken, andere wegen in te slaan en te erkennen dat de oplossingen van de oude politiek onvoldoende zijn en er gekozen moet worden voor een oplossing die niet zwart is, maar ook niet wit.

Dus door te kiezen voor een kandidaat die net zo zwart is als wit, omdat die wel in staat is dat te doen wat in deze tijd nodig is: overbruggen, verzoenen en enthousiasmeren?
De man die zich presenteert als de leider van de wereld is misschien in staat die eenheid in de wereld te brengen die nodig is, de harmonie tussen mensen een nieuwe impuls te geven en de eenheid tussen mensen en natuur te herstellen.
Het lijkt wellicht wishful thinking, maar zonder hoop kan niemand leven, ook de mensheid niet; zoals de slagzin van de Olympische Spelen luidde:

Eén Wereld, Eén Droom.

*

Inmiddels is de uitkomst van de verkiezingen bekend, Mc Cain werd toch teveel als vertegenwoordiger van de oude politiek gezien; mede doordat President Bush jr. zich vierkant achter hem stelde.
En dat wekte grote achterdocht. Er was inmiddels zoveel bekend over de structuur en de bedoelingen van de Skull & Bones - en vooral van de Bush-leden - dat het grote publiek hier toenemende angst voor had.
Men keerde zich van deze invloeden af en koos voor een

open, transparante en op het Internet gebaseerde houding,
die van de nieuwe politiek van Barack Obama.
Men koos voor het goede, niet voor het kwade.

*

De Wereld zal CNN weer aanzetten, zou er nieuws zijn?
Het bleef intrigeren en boeien tegelijk.
Maar er was ook angst.

Men had de zestiger jaren van de vorige eeuw meegemaakt: de moord op John F. Kennedy, op deze president
was ook de hoop van de hele wereld gevestigd.

Het mocht niet zo zijn, dat nog steeds onbekende krachten
zouden besluiten dat het genoeg was geweest, dat de oude
verhoudingen hersteld moesten worden…

*Er wordt wel gezegd dat de geschiedenis zich nooit
herhaalt, laat het alsjeblieft zo zijn…..*

AFSCHEID NEMEN BESTAAT NIET

In de Liefde wordt wel eens gesproken over de zelfopofferende Liefde, een zwaar begrip, maar ik wil u graag een voorbeeld geven:

In deze veranderende tijden is een lange relatie of huwelijk vaak ondenkbaar, maar mijn buren in Bilthoven hebben hun trouw op wel heel bijzondere wijze geuit.

In de loop van hun lange leven werden zij in toenemende mate afhankelijk van hulp om hen te verplegen en verzorgen.

Onze buurvrouw was geleidelijk aan geheel en al op een rolstoel aangewezen en de buurman, een gepensioneerde hoogleraar theologie, was nagenoeg blind en liep tot voor kort met een blindengeleide hond met de mooie naam Elvis.

Vele jaren werden zij zeven dagen per week, vierentwintig uur per dag verzorgd door een in hun separate gastenhuis verblijvende verpleegkundige.

Zij "aten hun huis op" om deze kosten te kunnen betalen en om daarmee te garanderen dat zij samen zouden blijven zo langs als hun het gegeven was.

Vaak zag ik dat de buurvrouw in haar rolstoel naar de kapper gebracht werd door haar hulp en dat de buurman moeizaam en kromgebogen door de buurt liep met behulp van Elvis.

Gisteren zondagmorgen vroeg: een heldere vriesochtend, de grond licht besneeuwd, bladstil, een opkomende zon....., opeens het knallen van springende ruiten en angstig hulpgeroep !!

Een snelle blik uit mijn slaapkamerraam leerde mij dat het huis van mijn buren in lichterlaaie stond. De vlammen sloegen uit de keuken en de badkamer en lekten tegen de gevel op.

Rennend daar naartoe, onderwijl 112 bellend en een kamerjas aanschietend.

Daar stonden vijf buurmannen om half acht een voordeur in te trappen, maar we moesten terug door de dikke rook: reddeloos verloren, geen hulp mocht meer baten.

Een machteloos gevoel maakte zich van ons meester, wetend dat de buurvrouw niet zelf meer uit haar bed kon komen en dat de buurman niets kon zien.

Iemand zag de buurman boven nog voor het raam, maar opeens was hij weg...

En de verpleegkundige hysterisch schreeuwend om haar *"mevrouw" !!*

Alles wat hulpdiensten heet kwam, maar konden ook niets meer doen; toen dat duidelijk was werd het heel stil in de straat...

Een politieagente leidde de huilende en schreeuwende verpleegkundige weg van de rampplaats.

Die zondag liepen de omliggende straten vol, er kwamen nog meer hulpdiensten en het blussen duurde tot ver in de middag, waarna het pand betreden kon worden en de slachtoffers geborgen. De rouwauto`s reden de straat in en een tijdje later werden onze buren weggebracht. Iedereen op straat keek stil en verslagen toe. Het enige geluk was nog dat de blindengeleidehond Elvis niet thuis was.

Onze buren bleven tot het eind samen, zo hebben zij het gewild.
Dit is wel een heel extreem voorbeeld van zelfopofferende Liefde, maar het leert ons waartoe het in staat is.

*

Nog geen week later, op zaterdagmorgen, is het Janskerkhof in het centrum van Utrecht vol met bedrukte mensen op weg naar de Janskerk voor de afscheidsdienst van onze omgekomen buren. Langzaam vult zich de kerk die steeds voller wordt, ja zo vol dat er haastig stoelen bijgeschoven moesten worden. Uiteindelijk bleven er zelfs mensen staan, deze grote monumentale kerk uit de Middeleeuwen was werkelijk tot de laatste plaats bezet.

Het imposante orgel speelde een indrukwekkend stuk, de

deuren gingen open en de aanwezigen rezen als één man op en keken vol ongeloof toe.

Een stuk of tien begrafenismedewerkers kwamen binnen, twee kisten dragend, simultaan naast elkaar.

Ze schreden onder de orgelklanken naar voren en plaatsten de kisten naast elkaar voor het front.

Mijn buurman was hoogleraar theologie geweest in Utrecht en Amsterdam en van beide Universiteiten was de top van de faculteiten aanwezig. In de speeches en in de preek werd door de hoogleraren het beste beentje voorgezet en alles blonk uit in schoonheid.

Hier liet men horen hoe een preek werkelijk behoorde te zijn, vol liefde, mededogen en dankbaarheid.

De organist liet de prachtigste kerkelijke muziek horen maar dat nam alle verdriet niet weg.

Toen op het eind het machtige "Nearer to Me" werd ingezet en beide overledenen weer simultaan naast elkaar de kerk werden uitgedragen, hield niemand het meer droog.

Op weg naar hun gezamenlijke laatste rustplaats op het kleine kerkhofje naast de eerste kerk ergens in de Achterhoek waar onze buurman als dominee was begonnen....

Het grote totaal afgebrande huis van onze buren heeft nog een half jaar zo gestaan en aan de voorkant op de bovenverdieping stond heel zichtbaar als een stille getuige hun tweepersoonsbed, zwartgeblakerd.

Het was een dramatisch gezicht. De buurt is nooit meer hetzelfde geworden.

AFSCHEID NEMEN BESTAAT NIET

*

"Zo komt het", zei Opa Jan tot zijn *pleegdochter "dat ik niets meer van branden wil weten, genoeg is genoeg. Sinds deze brand heb ik alle belangstelling voor een brand verloren".*

Dat riep natuurlijk de vraag bij zijn pleegdochter op hoe het daarvoor dan geweest was. En Opa moest toen, enigszins beschaamd, toegeven dat hij, - net als vele geboren Amsterdammers - welhaast op een pyromaan leek.

"Op een bepaald moment in mijn leven", zo vertelde hij *"leek het wel of dat zich altijd afspeelde 'in het spoor van de sirene' ".*

In de beginjaren van mijn huwelijk leek het wel of mijn toenmalige woonplaats Bussum in de greep was van een merkwaardig fenomeen. Met grote regelmaat ontstonden de merkwaardigste branden, soms op zeer afgelegen plaatsen.

Het begon, zo vervolgde hij, met de grote brand die de eerste televisiestudio van Nederland, de Irene Studio, trof. Dat was een heel oud kerkje omgebouwd tot studio.

Tijdens het laatste journaal kon heel televisiekijkend Nederland - dat waren er toen nog niet veel - zien hoe dikke rookwolken zich achter de nieuwslezer Harmen Siezen samenpakten en dat hij op een bepaald moment onder het uiten van excuses de uitzending haastig moest beëindigen, voordat de vlammen te dicht genaderd waren.

Er bleef niets meer over van Studio Irene. Een jaar of vijftien daarvoor was er trouwens ook al een brand in dit pand, ik zag toen als kleine schooljongen op het schoolplein de rookwolken boven Bussum hangen.

Een passend monument staat er nu op die plaats en herinnert ons aan de geschiedenis van de eerste Tv-studio Irene.

Een andere keer brandde midden in de nacht het zwembad op de Meent om onverklaarbare redenen af.

En zo zijn er nog veel meer op te noemen, maar daar weet ik de details niet meer van.

Wel weet ik nog heel goed dat Hotel Jan Tabak afbrandde, dit historische en prachtige Hotel werd op een avond ook prooi voor woest om zich heen grijpende vlammen. Heel Bussum was uitgelopen. Er bleef jammer genoeg niets van het hotel over.

Doordat een ondercommandant van de brandweer bij ons in de straat woonde, werd ik altijd op tijd gewaarschuwd en zo kon ik achter hem aanrijden en stond dus steeds vooraan.

Op een vrijdagavond drong het nieuws door dat de bekende speelgoedzaak Den Uyl in de Nassaulaan in de brand stond. Heel Bussum haastte zich daar naar toe en zag een immense brand die niets over liet van deze grote winkel en men zag hoe met grote moeite de omliggende winkelpanden behouden konden worden.

Op een gegeven moment begon zich in het lokale sufferdje De Bussummerkrant een discussie af te spelen tussen de eigenaar van een winkel die plastic artikelen verkocht, bijgenaamd De Boskat, en de plaatselijke Brandweer-commandant.
Ze hadden wat tegen elkaar en met elkaar.
De eerste verweet de ander niet adequaat te handelen en de ander wees erop hoe goed branden toch wel niet geblust werden.
Dat ging maar door en door.
Op een gegeven moment ontstonden er geruchten: de Brandweercommandant zou een pyromaan zijn en de betreffende branden zelf aansteken of - dat was ook een mogelijkheid - hij zou daarbij door De Boskat geholpen worden.
Feit is dat vanaf de dag dat de Brandweercommandant met pensioen ging, de branden stopten !

*

Ook tijdens mijn werk in de Gezondheidszorg kwamen (helaas) branden voor. Zo herinner ik me dat tijdens mijn eerste baan, als administrateur van De Stichtse Hof in Laren, er een brand heeft plaatsgevonden.

Op een bepaalde dag was de liftinstallatie defect en uitgerekend op die dag stak een oud baasje met een sigaar de gordijnen in de brand ! Dit speelde zich af op de bovenste verdieping, dus ongelukkiger kon het niet. De patiënten konden daardoor niet geëvacueerd worden.

Omdat de brand zich afspeelde in een slaapkamer werd dit niet direct ontdekt totdat de rookwolken de gang op dreven.

Grote paniek maakte zich meester van de demente bewoners en met grote inspanning van het personeel konden ze in veiligheid worden gebracht .

Direct werden brandslangen uitgerold en slaagde het personeel er met veel geluk in om de brand te blussen. Dat het een serieuze zaak was bleek wel uit het feit dat het bluswater door het plafond van mijn kantoor liep.

Ook later op het Medisch Centrum Berg en Bosch in Bilthoven ontstond er een gevaarlijke situatie toen een pyromaan de omliggende bossen regelmatig in de brand stak. De Gemeente De Bilt had in die tijd geen geschikte blusvoertuigen, dus het was meer geluk dan wijsheid dat de kurkdroge bossen uiteindelijk geblust konden worden voordat de vlammen te dicht genaderd waren.

Het Medisch Centrum lag in een bos, dus het was zaak na te gaan of er voldoende plannen voor brandbestrijding waren. De Gemeente had een heel simpel plan: gewoon laten afbranden en de patiënten onderbrengen in een Kerk in Maartensdijk !!

Dat leek ons niet echt een geslaagd plan.

We besloten een grote vijver op het terrein te realiseren met aan- en afvoerroutes voor blusvoertuigen en voor dat doel speciale noodhekken in de afrastering.

Tevens werd nagegaan of er geen brandtoren gerealiseerd kon worden. Dat laatste was echter volgens de Gemeente niet nodig want vanuit Soest was dat prima te bekijken....

Jaren later tijdens een hittegolf was ik samen met mijn vrouw in de Jeep naar Utrecht om te winkelen. Bij terugkomst troffen we thuis een opgewonden zoon aan, die vroeg me dringend het Medisch Centrum te bellen wegens een grote brand.

Nu droeg ik altijd een semafoon bij me met een speciale code voor een brandmelding, maar die was niet afgegaan. Later bleek dat de receptie, dat vergeten was!

Ik belde op en het bleek dat de grootste villa op het terrein, de voormalige dienstwoning van de Geneesheer-directeur, in brand stond. Hier was nu een Diabetisch Centrum in gehuisvest.

Bij aankomst trof ik een enorme brand aan die dreigde de rietgedekte villa geheel te verzwelgen. Door inspanning van vele brandweerlieden werd dat gevaar gelukkig bedwongen en werd men de brand meester.

Mijn kantoor werd gebruikt voor crisisberaad, zoonlief was zo vriendelijk een pilsje in te schenken voor de wel erg verhitte brandweerleiding.

De volgende dag werden noodmaatregelen getroffen om de spreekuren elders te doen plaats vinden.

Bilthoven is ook geruime tijd geteisterd door een pyromaan die auto`s in de brand stak. Een spoor van vernieling liet hij achter zich van in totaal een zeventig tal auto`s alvorens hij opgepakt werd.

De angst onder de bewoners zat er zo diep in dat men soms in een auto of caravan ging slapen..... Gelukkig zijn er geen slachtoffers gevallen. Maar de schuimblusser stond wel in de gang klaar voor het geval mijn Jeep het slachtoffer zou worden.

En - hoe vreemd kan het toeval zijn - toen ik na jaren weer in Laren kwam wonen bleek er ook daar een pyromaan rond te waren, die had het weer op rietgedekte woningen voorzien. Heel veel prachtige en historische panden werden het slachtoffer, maar er vielen gelukkig geen slachtoffers hoewel het vaak kantje boord was.

Wat wel heel dramatisch was dat op een nacht de schaapskooi in brand werd gestoken, deze brandde tot de grond toe af en meer dan honderd schapen en ooien kwamen om. Hun geschreeuw was tot ver te horen...

*

De pleegdochter had het allemaal belangstellend aangehoord en zag het enthousiasme van Opa voor zich. Het was altijd leuk om Opa op te zoeken in het Rosa Spier Huis, hij had altijd wel wat te vertellen. Maar toen ze weer wat vroeg over de brand bij zijn oude buren, werd hij stil en mompelde slechts: *"Genoeg is genoeg".*

NIETS IS ZOALS HET LIJKT

Aan de Leestafel van het Rosa Spier Huis was neef Piet verschenen, deze zocht eens in de maand zijn oude Opa Jan op. Piet was een bijzondere man, zeer belezen en erudiet.

Hij was van beroep Rector aan een grote scholengemeenschap en hij had geschiedenis gestudeerd.

Als vanzelf kwamen de gesprekken aan de Leestafel op de recentste politieke gebeurtenissen en van daar was het een kleine stap om er een historische context bij te halen.

Deze week had de presidentskandidaat Barack Obama een toespraak gehouden in Berlijn op een wijze die iedereen aansprak. Het leek wel of de man President van de Wereld wilde worden, zo had hij gepleit voor het afbreken van de muren tussen de volkeren en de verschillende geloofsovertuigingen; heel inspirerend.

Het is een bijzondere man, die een keerpunt in de geschiedenis lijkt te gaan bewerkstelligen. Een type mens dat zelden voorkomt, maar aan dit soort mensen was echt behoefte en deze konden veel bereiken, vooropgesteld natuurlijk dat zij zich naturel bleven gedragen en niet beïnvloed zouden worden door de verlokkingen van deze wereld.

Piet vertelde dat hij deze week daarover een lezing in zijn Vrijmetselaarsloge ging houden, hij was daar nooit geheimzinnig over, mede doordat aan de Leestafel er ook Broeders zaten...
Na enig aandringen was hij bereid ons deelgenoot te maken van zijn komende lezing deze ging over de wijze van hoe je naar dingen kunt kijken, met als belangrijkste boodschap:

NIETS IS ZOALS HET LIJKT.

Of: bestaan er Parallelle Werelden ?

"Op weg naar onze Loge," sprak Piet, werd ik aangesproken door een morsig oud baasje dat met de krant onder zijn arm door de straat dwaalde. Belangstellend vroeg hij naar het doel van mijn bezoek aan dit gebouw.
"Gaat u ook bridgen" vroeg hij.
Dat moest ik ontkennend beantwoorden, maar aarzelde verder om op mijn eigenlijke doel in te gaan. Wie en wat was deze man en wat ging hem dat aan?
"Dat is toch geen rare vraag ?", vroeg hij mijn gedachten lezend. *"Elke week om dezelfde tijd gaan er keurige mannen naar dit pand en dan denk ik: dat is vast een kaart- of schaakclub of misschien toch een heren sociëteit?",* sprak hij.

Ik aarzelde en vroeg me af of dit onopvallende mannetje wel zo onschuldig was als hij leek.

Mompelend dat we een vergadering hadden ging ik ons gebouw binnen, maar tegelijkertijd keek ik nog eens om en ja, verdraaid, daar stond dat kampeerbusje ook weer dat ik al weken lang had zien staan.

Ik kon mijn nieuwsgierigheid niet langer bedwingen en liep terug naar dat busje en klopte aan. Er werd opengedaan door datzelfde morsige oude baasje dat er nu een stuk minder onschuldiger uitzag.

Zwijgend liet hij me binnen, hij besefte nu ook dat zijn dekmantel was ontdekt.

We maakten kennis, zijn naam was natuurlijk meneer Jansen.

En natuurlijk bleek hij werkzaam bij de AIVD.

Hij legde uit dat de buurt hen had getipt over de geheimzinnige wekelijkse bijeenkomsten in ons Logegebouw. Een grote groep ernstig kijkende mannen verzamelden zich daar voor een onbekend doel.

Dat was al jaren zo, maar de druppel die de emmer deed overlopen was dat een dove bewoner in de straat via de ringleiding in ons gebouw al onze gesprekken via zijn gehoorapparaat kon volgen en dat deze verontrustende dingen had gehoord.

De ene keer leek het of er een managementcursus werd gehouden: er werd driftig gesproken over allerlei aspecten van het leidinggeven, de psychologie achter de mens en men hielp elkaar aan banen.

Een andere keer leek het wel of de revolutie was uitgebroken: in een boeiend betoog sprak een lid ernstig over de ellende die het christendom de wereld had gebracht en hoe onze huidige regering zich ook door dat christendom in de luren liet leggen en ja ons zelfs in een oorlog had gefrommeld.

Gevaarlijke taal, het leek wel of er een staatsgreep werd beraamd: zou het iets met Wilders of Verdonk te maken hebben ?

Weer een andere keer leek het wel of er een kerkdienst gaande was: er waren mooie en inspirerende toespraken omlijst met prachtige muziek, daarna gingen ze eten en men hoorde dat er een vreemd lied gezongen werd, begeleid door een valse piano.

Het kwam ook voor dat men alleen maar slap aan het kletsen was en men hoorde duidelijk dat er veel gedronken werd en dat men zoutjes at.

Maar opeens hadden ze het weer over Plato: er was kortom geen touw aan vast te knopen.

Genoeg reden voor de AIVD om deze klachten serieus te nemen en een afluisterpost te installeren met het bekende gevolg.

Broeders, u begrijpt het al, ik kon gelukkig de AIVD uit de droom helpen door uit te leggen dat we op onze Logeavonden aan ons zelf werken om een beter mens te worden, voor onszelf, onze medemens en het Al.

Dit d.m.v. ritualen waarbij eeuwen oude waarden werden doorgegeven door de ouderen aan de jongeren.

En ja, we hebben een geheim…

Het Logeleven beweegt zich op een ander niveau dan waar de mensen in de straat zich op begeven: twee parallelle werelden die van elkaars achtergronden niets weten en die apart in de maatschappij staan.

NIETS IS ZOALS HET LIJKT.

Want natuurlijk is er een wederzijdse invloed, wat wij in de Loge doen vertaalt zich in ons gedrag daarbuiten en omgekeerd.

Zoals wij hier wonen zijn we gezegend met een prachtige omgeving, ruisende bomen, prachtige oprijlanen met daarachter mooie landhuizen en villa`s.

Natuurlijk wel omsloten door hoge hekken en vaak bewaakt door blaffende honden. We zien de eigenaren zich door het dorp voortbewegen in prachtige SUV`s, waarmee de hooggeblondeerde dames ook hun kroost naar school brengen.

De au pairs fietsen met hun bakfietsen rond terwijl moeder op de golfcourse staat of met vriendinnen borrelt in de lunchroom.

De mannen hebben hun werk elders, vaak ver weg, en de vraag kan gesteld worden: wat voor werk.

Meestal zijn het eerzame beroepen, maar het komt ook

voor dat het bijvoorbeeld drugsbazen zijn of dat men hun geld op een andere minder eerlijke wijze verdient, zoals huisjesmelkers, in de vastgoedhandel en met mensenhandel etc.

Men kiest dan bewust voor een andere woonomgeving om hun eigen kroost niet aan de gevaren van de boze buitenwereld bloot te stellen en ze zo dus veilig op te kunnen laten groeien.

Het komt natuurlijk wel eens voor dat de kogel hun ook in die veilige omgeving weet te treffen, maar meestal gaat het goed.

NIETS IS ZOALS HET LIJKT.

Want de onderwereld beïnvloedt steeds meer de bovenwereld. Lazen we laatst niet dat de Belastingdienst en dus de overheid 400 miljoen euro per jaar verdient aan de legale wiethandel in de koffieshops?

En als we de omvang van het zwarte geld meetellen er geen overheidstekort meer is ?

Parallelle werelden die elkaar onzichtbaar raken.

NIETS IS ZOALS HET LIJKT.

Er zijn natuurlijk vele voorbeelden van werelden om ons heen die we niet kennen of willen kennen maar ons leven wel degelijk beïnvloeden:

- De mobiele telefoon: deze heeft ons en de mensheid volkomen in zijn greep. Hij is altijd aan en we willen, nee we *moeten*, altijd bereikbaar zijn.

  We SMS-en ons suf en telefoneren te pas en te onpas; als we telefoneren leven we in onze eigen wereld.

  Ongemerkt door ons eigen gedrag zijn we gevangenen geworden, nooit meer vrij of los van de invloed van de buitenwereld die tot ons komt door die telefoon.

  Het straatbeeld wordt beheerst door drommen telefonerende mensen die hun best doen om de andere helft van de mensheid aan de telefoon te krijgen en hen vervolgens in hun greep te houden.

  Auto`s zijn verworden tot rijdende babbelboxen.

- De oliebaronnen die aan de wieg staan van vele conflicten in de wereld en recent de oorlog in Irak hebben geïnitieerd om de macht van Islam te breken en de invloed te houden die ze onder de Sjah van Perzië hadden.

  Dit was hun eis èn prijs om de kandidaat George W. Bush te steunen voor het presidentschap; alles was toen al beslist, lang voor 11/9.

- De wapenhandel die al die kleine conflicten op de wereld in stand houden etc.

- De wereld van de creatieve uitingen in kunst en literatuur. Denk aan alle bijzondere uitingen die je bijvoorbeeld op Koninginnedag kunt waarnemen bij mensen die de volgende dag bij wijze van spreken gewoon weer op kantoor ziet zitten.

- Denk aan de vluchtelingenstroom op deze wereld, massa`s mensen verdienen hun brood aan hulp bij vluchten, adviezen om te blijven, huisvesting, rechtsspraak, uitzetting etc.

  Onze staatssecretaris Albayrak zet ze uit en haar zus, de directeur van het COA, huisvest ze!

- In een bunker tussen Den Haag en Delft wordt, onzichtbaar voor de burgers in het land, alles verzameld wat ook maar riekt naar zaken die eventueel van belang kunnen zijn in de strijd tegen terrorisme en de belangen van de staat (wat dat ook mag zijn). Onzichtbaar voor de buitenwereld worden telefoons getapt, worden e-mails en SMS berichten gescand en opgeslagen. Een onzichtbaar leger waakt over ons terwijl we er nooit voor hebben gekozen om zo in onze privacy beknot te worden.

- De Overheid in al haar vormen leeft in een eigen wereld met eigen regels en gewoonten die zo ver af staan van wat de burgers als het normale leven beschouwen dat er werkelijk van parallelle werelden gesproken kan worden, werelden die zich steeds meer van elkaar verwijderen tot het moment waarop..... Het volk om Fortuin smeekt en het Balkenende krijgt.

- De premier die niet eens gemerkt heeft dat zijn salaris omhoog gegaan is, die oproept tot tevredenheid en positief denken, terwijl in de maatschappij de armoede om zich heen grijpt, dat het aantal voedselbanken steeds meer stijgt en bevolkingsgroepen steeds meer tegenover elkaar komen te staan.

Hij leeft in een andere wereld, een droomwereld, een aards paradijs, een andere en naar zijn idee betere wereld die echter niets te maken heeft met de werkelijkheid. In een Parallelle Wereld.

NIETS IS ZOALS HET LIJKT.

Grote belangen sturen de maatschappij vaak onzichtbaar aan.

Vooral door de snelle technische ontwikkeling op computergebied zijn we in staat ons leven in te richten naar ons droombeeld:

We kunnen fantasie profielen van onszelf aanmaken en kunnen leven in een virtuele wereld op een manier die zo levensecht is dat de gewone wereld wordt vergeten. Men kan zelfs virtueel handel drijven en inkomen verwerven op het Internet via Second Live.

Via Hyves en Youtube kunnen we allemaal kijken naar hetgeen de ander van zichzelf wil laten zien en soms verliest men de realiteit helemaal uit het oog, ja sterker nog dat wil men juist als vlucht uit de werkelijkheid.

Bij sollicitaties wordt men dan soms geconfronteerd met hun eigen fantasieën of bekentenissen en ondervindt daar dan ernstig last van.

Zelfs de politie heeft een team dat speurt naar bekentenissen…

Niets blijkt zo verslavend als deze technische mogelijkheden.

NIETS IS ZOALS HET LIJKT.

*

Nu zie ik u denken, waar moet dit allemaal naar toe, waar wil de spreker heen?
Wat heeft dit met de Vrijmetselarij te maken?
Is zijn fantasie soms te groot?
Broeders, deze zomer werd mijn aandacht getrokken door het boek *"De Geheime Geschiedenis van de Wereld"* door Jonathan Black.
Een kaskraker in Engeland en nu ook hier verschenen.
Het boek behandelt de invloed van geheime genootschappen van 15.000 voor Christus tot Nu.
U zult niet verbaasd zijn dat hier ook over de Vrijmetselarij wordt geschreven.

Aan de hand van de gedachten van deze schrijver wil ik verder ingaan op mijn thema van vanavond dat er vaak krachten zijn die voor ons verborgen zijn, maar zeer ingrijpend ons leven kunnen beïnvloeden. Het zijn parallelle werelden, maar hun invloed komt bij ons samen.
Het is mijns inziens goed je daarvan bewust te zijn zodat hetgeen je officieel hoort op een goede wijze gewogen kan worden.

*

In dit zeer complete boek wordt aan de hand van uniek beeldmateriaal alle belangrijke geheime genootschappen op een journalistieke manier behandeld. Langzaam komt men erachter dat netwerken tussen regeringen en genootschappen veel belangrijker blijken te zijn geweest dan ooit vermoed. De wereldleiders, kunstenaars en wetenschappers die de geheime technieken gebruikten om een hoger intelligentieniveau te bereiken blijken een opmerkelijk unaniem doel gehad te hebben. Dit boek wordt terecht de bijbel van het onderzoek naar geheime genootschappen genoemd, en biedt een fascinerende alternatieve wereldgeschiedenis.

Met talloze gegevens uit de natuurwetenschap, religie, psychologie, en filosofie haalt hij de verborgen geschiedenis naar boven die lang verborgen is gebleven.

Er worden voorbeelden aangehaald uit de Griekse en Egyptische mythologie, joodse folklore, vroegchristelijke genootschappen, Rozekruizers en natuurlijk Vrijmetselaars.

De schrijver toont aan dat de geschiedenis zoals we die kennen op een revolutionaire manier herzien moet worden en komt met bewijzen uit duizenden jaren verborgen wijsheid.

Het is een wereldgeschiedenis zoals die door de eeuwen heen in de boezem van geheime genootschappen werd doorgegeven.

Geschiedschrijvers uit de Oudheid berichten al dat aan de

openbare tempels in religieuze centra al vanaf het begin van de Egyptische beschaving tot aan de ineenstorting van het Romeinse Rijk, priesterscholen waren verbonden. Zij werden "mysteriescholen" genoemd.

Hier werden de leden van de politieke en culturele elite onderricht in meditatiemethoden.

Na jarenlange voorbereiding werden mannen als Plato, Alexander de Grote, Caesar, Augustinus, Cicero en anderen in een geheime wijsbegeerte ingewijd.

Men werd methoden aangeleerd om de vijf fysieke zintuigen af te sluiten en leerde o.a. ademoefeningen, sacrale dansen, toneel en gebruikte hallucinogene middelen etc.

De methoden en middelen waren bedoeld om veranderde bewustzijnstoestanden te bewerkstelligen waardoor de initianten de wereld op een heel andere manier konden zien.

Verraders werden ter dood gebracht.

In de Oudheid werden n.l. de leringen van de mysteriescholen even streng bewaakt als in onze tijd de nucleaire geheimen.

Dat ging zo voort totdat in de derde eeuw de tempels uit de Oudheid werden gesloten toen het christendom de officiële staatsgodsdienst van het Romeinse Rijk werd. Maar de nieuwe heersende klasse - zelfs prelaten van de Kerk - begon toen geheime genootschapen op te richten, zij bleven uitverkorenen achter gesloten deuren onderrichten in de oude mysteriën, die zij dus voortzetten.

Alles werd mondeling doorgegeven in de beslotenheid van geheime genootschappen, zoals de tempeliers en de rozenkruisers.

Ze leerden op een andere manier naar dingen te kijken door te oefenen in achterwaarts denken, dingen op hun kop te zetten en binnenstebuiten te keren. Dit om zich vrij te maken van de gevestigde, starre manier van denken.

Zelf in onze tijd blijven de geheime leringen hun invloed uitoefenen.

Een voorbeeld:

Is de paus katholiek? Tja, niet in de rechtlijnige betekenis die wij vandaag de dag aan die term toekennen. Op een ochtend van het jaar 1939 liep een jongeman van 21 jaar door een straat toen hij werd overreden door een vrachtwagen. Toen hij in coma lag, had hij een overweldige mystieke ervaring.

Nadat hij weer tot zijn positieven was gekomen, begreep hij dat dit exact de ervaring was die hij had geleerd te verwachten als de vrucht van spirituele methoden die hem waren bijgebracht door zijn mentor, Mieczlaw Kortorezyk, een moderne meester van de Rozenkruisers.

Als gevolg van deze krachtige ervaring liet deze jongeman zich inschrijven bij een seminarie, werd later bisschop van Krakau en nog later Paus Jannes-Paulus II.

NIETS IS ZOALS HET LIJKT.

Dit boek wil in feite aantonen dat een verbazingwekkend

groot aantal beroemdheden door de hele geschiedenis heen in het verborgene de esoterische wijsbegeerten en mystieke bewustzijnstoestanden, die door de geheime genootschappen werden doorgegeven, zijn blijven cultiveren.

Er worden namen genoemd als Karel de Grote, Dante, Jeanne d`Arc, Shakepeare, Michelangelo, Mozart, Goethe, Napoleon e.a.

Betoogd wordt dat mensen als Newton, Voltaire, Washington, Tolsoj, Gandhi en vele anderen waren geïnitieerd in een geheime leer die hen doordrong van de

MACHT VAN DE GEEST OVER DE STOF.

Het blijkt dat keer op keer de oude en geheime wijsbegeerte - verborgen in de schaduwen - altijd aanwezig was bij alle grote keerpunten in de wereldgeschiedenis en haar invloed liet gelden.

Dit zijn natuurlijk conclusies die ik graag voor rekening laat van de auteur, maar het moet gezegd hij heeft geen steen onberoerd gelaten: hij heeft zich werkelijk in alles verdiept zoals de kabbalistische, hermetische en neoplatonische stromingen; maar ook in soefi-denkbeelden, hindoeïsme en boeddhisme.

Maar: NIETS IS ZOALS HET LIJKT.

Het boek beschrijft de geheime geschiedenis vanaf de schepping tot nu, maar wij zijn natuurlijk geïnteresseerd of het waar is dat de Vrijmetselarij daar ook een rol in heeft gespeelt.

Daar wil ik het nu over hebben:

*

In het betreffende boek wordt een scherp onderscheid gemaakt tussen de bestaande kerkelijke macht - dat was lange tijd de Rooms Katholieke kerk met zijn Paus - en stromingen die een meer persoonlijke vrijheid voorstaan.

De kerk had en heeft soms nog een grote politieke invloed en beheerst daarmee de levens van velen tot zeer grote hoogten.

Kerk en Staat waren één en vele vorsten dansten naar de pijpen van de Paus.

Er werd gewerkt onder het juk van Dogma`s en vaste riten.

Pas heel langzaam kwam het besef onder de bevolking dat men ook een eigen verantwoording had.

De verandering kwam pas echt op gang door de Reformatie in de 13e eeuw, deze kreeg een belangrijke impuls door de Duitse mysticus en geestelijke Meister Eckehart.

Een beroemd gedicht van zijn hand luidt:

Ik bid God mij te verlossen van God.

Indien ikzelf niet was, zou God ook niet zijn.

Indien ik niet was, zou God niet God zijn.

God is binnen; wij zijn buiten.

Het oog waarmee ik God zie en het oog waarmee
God mij ziet,

Is één en hetzelfde oog.

Hij is Hij, omdat Hij niet Hij is. Dit kan niet door de
uiterlijke mens

worden begrepen; alleen door de innerlijk mens.

Zoek de ene begeerte achter de begeerten.

God is thuis; wij zijn degenen die een wandeling zijn
gaan maken.

Door niets word ik wat ik ben.

Alleen de hand die wist, is in staat het ware te
schrijven.

Deze uitspraken klinken uiterst modern, het lijkt eerder een zenmeester die spreekt dan een geestelijke.

Beschuldigd van ketterij wordt hij ter dood gebracht.

De kerk hield zich namelijk krampachtig vast aan de dode letter van de wet, zowel in theologische zin als waar het haar riten betrof.

Maar de ideeën van Meister Eckehart brachten een verandering op gang: zijn spirituele ervaring brachten groepen mensen bijeen die elkaar in het diepste geheim ontmoeten.

Broeders en zusters van de vrije geest in Duitsland, Nederland en Zwitserland vonden elkaar in hun zoektocht naar spirituele ervaring.

Dit was ook de opkomst van de esoterie.

Er kwam een kettingreactie op gang via zijn leerling Jannes Tauler en anderen en uiteindelijk ontstond er het tijdperk van de Rozenkruisers (ca 1600) geïnspireerd door Christian Rozenkreutz met zijn Huis van de Heilige Geest.

Het was de tijd van de alchemie en veel aandacht was er voor de reïncarnatie als oorzaak van het bestaan van zeer verlichte en wijze geesten die opdoken maar ook weer even plotseling verdwenen.

Samen met de Reformatie van Luther en Calvijn werd er zo aan de kerkelijke en wereldlijke macht van de Rooms Katholieke kerk getornd.

Uiteindelijk werd er door de RK-kerk in de 30 jarige oorlog afgerekend met de tegenbeweging en de Rozenkruis beweging ging letterlijk ten onder bij de Slag op de Witte Berg.

Maar onderhuids bleef het verlangen om een nieuwe wereld orde te creëren waarbij er geen ruimte was voor de wurggreep van de kerk, maar waar de vrije geest zou overheersen; waar geen religie van node was maar waar slechts verlichte geesten zouden wonen, een nieuw Jeruzalem.

De Rozenkruis beweging bestaat nog steeds, maar algemeen wordt ervan uitgegaan dat hun erfenis een huis heeft gevonden in de Vrijmetselarij.

*

De Vrijmetselarij, als kind van de Verlichting, bestaat officieel sinds 1717, toen de Grootloge in Engeland werd opgericht.

Maar alle geleerden zijn het erover eens dat al lang daarvoor er op deze wijze werd gewerkt, zeker in Engeland en Schotland.

Maar er zijn zelfs geleerden die wijzen op het bestaan van een Logeruimte onder de Tempel van Salomo en menen dat Jezus de eerste Grootmeester van de Vrijmetselarij was.

Ook in Egypte was een beweging in die zin gaande.

We willen dit laten voor wat het is, maar een aspect behandelen dat in het boek *"De Geheime Geschiedenis van de Wereld"* en ook in het boek *"de Tempel en de Loge"* naar voren komt:

Namelijk de onafhankelijkheid van de Verenigde Staten van Amerika.

De geschiedenis van de VS is doordrenkt van verbanden met de Vrijmetselarij. Maar eerst een grote stap terug in de geschiedenis: De Tempeliers.

Deze Orde werd in 1119 opgericht tijdens de Kruistochten en het hoofdkwartier lag naast de Tempel van Jeruzalem.

De terugtocht van de Tempeliers ging van Palestina, naar Cyprus, gevlucht naar Malta; en vervolgens naar Frankrijk.

Daar vormden ze in Europa een macht van betekenis, ze hadden grote politieke invloed en werden de bankiers van Europa genoemd.

Dit viel natuurlijk verkeerd bij de Paus die zich in zijn macht beperkt voelde.

Als gevolg daarvan werden ze beschuldigd van ketterij en sodomie etc en vervolgd op vrijdag de 13e in oktober van het jaar 1307 door Koning Philips IV in opdracht van Paus Clemens V.

De Grootmeester Jacques de Molay vond in 1314 de dood op de brandstapel op een eilandje in de Seine, tegenover het paleis van de koning.

Een kleine groep is gevlucht naar Spanje en Portugal, daarna naar Schotland, waar zij zich aansloten bij Robert the Bruce, van de Ridders van de Ronde Tafel.

Het vreemde is echter dat vlak voordat zij werden vervolgd een groep van 18 schepen met Tempeliers vluchten, o.l.v. de penningmeester, met medeneming van documenten en schatten.

Hun doel was onbekend, nooit is meer iets van ze vernomen, maar verondersteld wordt dat zij zich eveneens bij Robert the Bruce hebben aangesloten en vervolgens vanuit Rosslyn Chapel de zee zijn opgegaan tot zij in Amerika aankwamen meer dan 150 jaar voor Columbus dat ontdekte.

Iedereen kent vandaag de dag Rosslyn Chapel, een Heiligdom dat door de tempeliers werd gebouwd maar eveneens vele vrijmetselaarssymbolen voert.

Het was duidelijk dat de tempeliers een huis hadden gevonden bij de vrijmetselaars van Schotland en onder die vlag verder gingen met hun werk.

Er zijn in de kapel ook gravures gevonden van maïs uit Amerika, een plantensoort uit de Nieuwe Wereld die in Engeland van die tijd nog onbekend was.

Er is ook een - lege - verborgen bergplaats: waar had die voor gediend ?

De Essenen (in ca 1100) waren een Joodse rebelse sekte die volgens sommigen ook geschriften en schatten verborgen onder het Heilige der Heiligen in de Tempel van Jeruzalem.

De Tempelieren waren de bewakers van die tempel en het ligt dus voor de hand dat zij deze schatten hebben meegenomen op hun terugtocht en op die manier terecht kwamen onder Rosslyn Chapel.

Latere onderzoeken toonden namelijk een geheim gangenstelsel aan met resten van tempeliereigendommen, maar de bergplaats was leeg...

Er wordt verondersteld dat na de lange reis van de tempelieren, zoals eerder beschreven, zij vervolgens die schatten meenamen naar Amerika, waar ze waarschijnlijk zijn verborgen diep onder de grond op Oak Island.

Deze bergplaats is in 1795 door een tiener ontdekt in de vorm van een ronde holte, erboven stond een boom waaraan een katrol hing.

Ondanks veelvuldige pogingen konden ze niet meer tevoorschijn gehaald worden, het koste vele doden...

Steeds opnieuw liep de schacht vol water vanuit een ondergrondse tunnel van 150 meter vanaf een inham. In 1976 bracht men een camera naar beneden via een 70 meter diepe schacht, ze zagen een aantal kisten, wat gereedschap en een hand. De schacht stortte echter in en sindsdien zijn geen pogingen meer ondernomen.

Merkwaardig is dat de voormalige President en vrijmetselaar Franklin Delano Roosevelt ook op zoek ging naar deze schat en er ronduit door geobsedeerd was.

De film The National Treasure lijkt hierop gebaseerd en de zoektocht naar de Heilige Graal gaat nog steeds voort.
Maar waarom toch Amerika?

In hun afkeer van de gevestigde Katholieke kerk en de Vorstendommen ontstond er in Europa in brede kring het verlangen om een nieuw begin te maken in een nieuw land waar geen ruimte was voor de dwang van de kerk, maar er ruimte was voor de vrije geest en echte democratie.

Geleerden, utopisten en wetenschappen, zoals in the Royal Society filosofeerden daarover. Men wilde het verscheurde en door oorlogen geteisterde Europa achter zich laten mar leven in een nieuw land, met nieuwe kansen en zonder de beknotting van vorsten en dogma`s.

Men hoopte door dit te realiseren een voorbeeld te stellen voor de wereld en dat dit als een olievlek over de wereld zou gaan en dat uiteindelijk er betere wereld zou ontstaan.

Ik sprak al over de Rozenkruisers die daar ook naar streefden, maar ook de bekende geleerde Francis Bacon sprak geïnspireerd over Het Nieuwe Atlantis.

De Essenen (in ca 1100) geloofden al eerder dat er goede zielen in het westen aan de andere kant van de oceaan verkeerden, waar een verfrissende zachte wind waait.

De kerk van Jeruzalem en ook de Tempeliers namen dat over en streefden naar een nieuw begin in een nieuw land, dat land lag onder de ster Merica.

Waarschijnlijk konden de tempelieren a.d.h. van de geschriften die ze hadden de plaats van die ster en dat mystieke land vinden en gingen ze op zoek naar "La Merica", ofwel Amerika, zoals we het land nu kennen.

En daar vervulden zij de eeuwenlange opdracht van de Tempeliers om een Nieuwe Wereld te realiseren.

Het is daarom ook geen toeval dat haast alle presidenten en belangrijke personen rond de onafhankelijkheid Vrijmetselaar waren.

Over die tijd bestaan veel bijzondere verhalen: Hoe Washington gekleed als Vrijmetselaar de hoeksteen van het Capitool plaatste volgens de riten en gebruiken van de Vrijmetselarij, dat in de plattegrond van Washington de symbolen van de Vrijmetselarij zijn te ontdekken, dat op de dollar het Alziend Oog en andere symbolen staan afgebeeld en hoe de vlag werd ontworpen etc.

Over dat laatste is nog een bijzonder verhaal te vertellen: de vergaderingen daarover werd bijgewoond door een oude professor, die niemand kende maar wiens gezag zelfs door Washington en Franklin direct werd geaccepteerd.

Op gezag van de professor werd het ontwerp vastgesteld, de vorm van de ster lijkt op de symbolen op het gewelf in een ruimte van de piramide van Oenas (ca 2350 v.C.) bij Sakkara.

In het oude Egypte waren ze een symbool van de geesten die hun leidende en in stand houdende invloed uitstraalden over de mensheid.

De vlag werd zo n.l. zo ontworpen dat er steeds nieuwe sterren aan toegevoegd konden worden naar mate hun invloed over de wereld zou toenemen…

Over symboliek gesproken… De oude professor verdween, niemand zag hem terug. Was hij een reïncarnatie van een wijze vanuit een ver verleden, één van de Kinderen van het Licht ?

Die steeds op bepaalde momenten van de geschiedenis opdoken om hun invloed daarop uit te oefenen ?

Volgens het boek *"De Geheime Geschiedenis van de Wereld"* is dit veelvuldig in allerlei vormen gebeurd.

Opvallend is dat haast alle betrokkenen rond de onafhankelijkheid deïst (ongelovig) waren en tevens vrijmetselaar.

Lange tijd is de argwaan tegen de RK- kerk zo groot geweest dat er zelfs openlijk werd getwijfeld aan de betrouwbaarheid van President John F. Kennedy, die zeer katholiek was.

Hij had een dubbele loyaliteit: tegenover de RK- kerk met de Paus en tegenover de VS: was hij wel te vertrouwen? Werd hij daarom soms vermoord ?

Nadat de onafhankelijkheid in Amerika was bereikt, streefde de beroemde Fransman en Vrijmetselaar de la Fayette – de strijder van het eerste uur voor de onafhankelijkheid van de VS – ook in zijn eigen land naar een andere staatsinrichting en werkte mee aan de Franse revolutie.

Zo waren er velen in Europa en Zuid Amerika, haast alle revolutionairen haalden hun inspiratie en betrokkenheid uit de Vrijmetselarij, of waren er lid van, in een ultieme poging te ontkomen aan de wurggreep van de kerk met haar Paus.

Vandaar ook de argwaan tegenover de Vrijmetselarij: ze lijken altijd bezig met revoluties veroorzaken en onrust stoken. Vooral in de RK–kerk en bij totalitaire regimes is de haat tegen de Vrijmetselarij groot: ze zijn ongrijpbaar, ze zijn vrijdenkers en luisteren naar niemand, ze erkennen geen absolute God, maar een persoonlijk God etc.

NIETS IS ZOALS HET LIJKT.

Tot zover de beschreven zaken in de genoemde boeken.

*

CENTRALE BOODSCHAP:
De centrale boodschap in het boek is de beschrijving van de evolutie van de mens en de maatschappij door de eeuwen heen aan de hand van de invloed van Geheime Genootschappen.

Deze hadden zowel een positieve als een negatieve invloed en de beschreven personen lieten zich vaak leiden door de invloed van mystici en gereïncarneerde personen; vaak waren ze zelf ook gereïncarneerd.

De Tempelieren en de Rozenkruisers vonden hun huis tenslotte bij de Vrijmetselarij, die mede onder invloed van de Verlichting een nieuwe richting aangaf, een positieve boodschap en een oproep om de positieve elementen en talenten te benutten voor een betere leefomgeving en wereld.

De Vrijmetselarij stimuleert haar leden om vrij te worden van dogma`s en vooroordelen, rassen en volken te accepteren etc.

Ze stimuleert een persoonlijke groei, om te kunnen loslaten, om vrij te zijn van angsten en de dood; een herboren worden en tot een hogere dimensie te geraken.

In het boek komt duidelijk naar voren dat mede door invloed van de Vrijmetselarij het positieve element sterker wordt dan het negatieve, dat er hoop ontstaat, sterker nog er ontstaat dat wensbeeld: de Nieuwe Wereld, met al haar kansen om tot voorbeeld te strekken voor de mensheid.

Er wordt ook veel gesproken over Verlichte Zielen die hun invloed op bepalende momenten doen gelden; als we dat naar onze tijd vertalen dan wil ik noemen:

- Een Mahatma Ghandi, die geweldloosheid predikte en de hele wereld liefhad.
- Een Moeder Theresa, die alle mensen liefhad.
- Een Prinses Diana, de verpersoonlijking van de sociale intelligentie.

- Een Martin Luther King, met I Have a Dream.
- Een John F. Kennedy, met een beroep op ons allen.
- Een Nelson Mandela, een moderne Jezus die ons allen omarmt.
- En in de zomer van 2008 zag ik de beelden van Barack Obama in de Tiergarten in Berlijn; een schitterend optreden daar in de open lucht bij het vallen van de avond met een 200.000 koppig publiek. Een mooie toespraak met een oproep die ons vrijmetselaren zeker zal aanspreken, ze strookt met onze doelstellingen.

   Hopelijk wordt zijn leiderschap net zo sterk als zijn retorische gaven zijn en kan hij daardoor Amerika en de wereld wegvoeren van het moeras waarin George W. Bush ons geleid heeft.

Wat al deze Verlichte Zielen bindt is inspiratie en leiderschap, maar bovenal liefde voor de medemens en ze ontwikkel(d)en een overstijgende visie met het bijbehorende gedrag.

Daarmee handelen ze als de meeste mensen in Geheime Genootschappen, deze stellen zich n.l. tot doel nieuwere en intelligentere vormen van bewustzijn te bevorderen.

En dat geeft een grote, positieve en doorslaggevende invloed op de ontwikkeling van de mensheid, het wijst ons de weg omhoog, weg van oorlog, verdeeldheid, racisme en armoede.

*

TENSLOTTE:

Het boek *"De Geheime Geschiedenis van de Wereld"* beschrijft, zoals in vele boeken, de invloed van Geheime Genootschappen w.o. de Vrijmetselarij op de wereld en haar bewoners.

Vaak zijn dat geen prettige zaken en je kunt je dus afvragen of het werkelijk waar is dat er al heel lang in het geheim gewerkt wordt aan een NIEUWE WERELDORDE." (waar Bush Sr. en Jr. zo graag over spreken)

Is het echt zo dat er allerlei machinaties zijn op economisch, politiek en monetair gebiedt die daar naar toe werken?

- De Dollar met haar Alziend Oog en andere verborgen vrijmetselaars symbolen als teken van de verborgen macht over de wereld?
- Was de invoering van de Euro ook weer zo`n stap daar naar toe?
- Klopt het dat de Verenigde Naties daar het gevolg van zijn?
- Is het IMF onderdeel van die verborgen Nieuwe Wereldorde?
- Bestaat de Orde van de Illuminati nog?
- Heeft het Thule genootschap wat met vrijmetselaars te maken?

Etc, etc.

Alle kerkelijke organisaties (b.v. de RK kerk) en verenigingen (b.v. de Rotary) hebben natuurlijk een groot intern netwerk en men doet daar ook veel voor elkaar.

Maar de Vrijmetselarij wijkt hier van af door haar geheime karakter en dat daagt natuurlijk de fantasie van mensen uit en iedereen geeft zijn eigen invulling.

Persoonlijk denk ik dat de leden van de Vrijmetselarij eigenlijk net mensen zijn, met positieve en negatieve kanten, zwart en wit, net als de tempelvloer.

Wat de één als goed ervaart, ervaart de ander als slecht.

Ze zijn allen op zoek naar hun eigen waarheid en verantwoordelijk voor hun eigen daden.

Het is zaak tijdens die zoektocht zuiverheid te betrachten.

Maar het zijn soms vreemde tegenstellingen die ons opvallen:

- Tijdens de Amerikaanse Burgeroorlog stonden Vrijmetselaars aan beide zijden en dus tegenover elkaar. De geschiedenis maakt melding van heroïsche gebeurtenissen tijdens die veldslagen: Vrijmetselaars die het noodteken maakten en prompt door hun vijand in bescherming werden genomen etc.
- Onder de medewerkers van de geheime diensten in Amerika zijn vele Vrijmetselaars te vinden die strijden voor hun vaderland en zeer gezaggetrouw zijn; maar vaak vuile handen maken in situaties die nu scherp worden veroordeeld.

- Bijvoorbeeld: In Argentinië werd door Generaal Pinochet het Presidentieel Paleis van President Allende gebombardeerd waarbij deze omkwam. Een democratisch gekozen president vond de dood door samenspanning tussen het leger van Argentinië en de CIA en dus de regering van de VS.
  Zowel Pinochet als Allende waren Vrijmetselaar, elk van een andere loge!
  Kan het nog gekker dat de ene Vrijmetselaar de andere doodt?

NIETS IS ZOALS HET LIJKT.

- De gesprekken tussen Israël en Jordanië werden positief beïnvloed door twee vrijmetselaren: Premier Begin en Koning Hussein. Deze laatste was een pion van de CIA en werd gechanteerd met de gevolgen van zijn escapades met het andere geslacht.
  Door de CIA kwam hij in aanraking met de Vrijmetselarij.
- Is het waar dat de Tempeliers een macht waren in Europa waar rekening mee werd gehouden en waarom zijn de Vrijmetselaars daar zo door geobsedeerd?
- Klopt het dat de Skullls and Bones in de VS ook afkomstig zijn vanuit de Tempeliers?; George W. Bush en John Kerry (de presidentskandidaten uit 2004) zijn hier lid van.

- Pim Fortuin had een duidelijk standpunt: de Joint Strike Fighter was niet nodig. In een hotel was er door journalisten van het Algemeen Dagblad een besloten gesprek gearrangeerd tussen Ad Melkert (de beoogde premier van ons land) en Pim Fortuin. Het werd een gesprek waarbij men niet tot elkaar kwam, sterker nog Melkert werd door Fortuin de les gelezen. Melkert ging onder het uiten van bedreigingen weg. De volgende dag werd Fortuin vermoord door een dierenactivist die in eigen kring te boek stond als een infiltrant van de BVD. De opvolger van Fortuin was een onbekende voorlichter die daarvoor voorlichter van het Ministerie van Defensie was. Eén van zijn eerste verklaringen betrof het standpunt dat de JSF gekocht moest gaan worden. Parallelle Werelden?

NIETS IS ZOALS HET LIJKT.

- De jongeren Organisatie van de Vrijmetselarij in de VS heet Jacques de Molay, naar de vermoorde Grootmeester van de Tempeliers. Een belangrijk lid hiervan was Oud President Bill Clinton...
- En zo zijn er nog veel meer voorbeelden aan te halen, maar wat leren wij daaruit?

Zoals ik al eerder zei: Vrijmetselaars zijn net mensen. En het is zaak naar eer en geweten te handelen.

In de werken van Dan Brown en vele anderen wordt veelvuldig gebruik gemaakt van de geschiedenis van de Vrijmetselarij, de Tempelieren etcetera.

Het complotdenken, bijvoorbeeld over de Nieuwe Wereldorde, zou nimmer zo`n vlucht hebben genomen als de Vrijmetselarij niet had bestaan.

In het verleden heeft de Vrijmetselarij wel veel invloed gehad, zeker in het pogen de beschaving op een hoger peil te brengen.

Denk aan de Onafhankelijkheidsverklaring van de V.S., de Universele Verklaring van de Rechten van de Mens, aan de oprichting van de Volkerenbond, aan de herinrichting na WO II van Japan en aan de Marshallhulp na de Tweede Wereldoorlog.

Dit alles gebaseerd op de gedachten die beschreven staan in de Beginselverklaring van de Vrijmetselarij.

Daar is niets mis mee, in tegendeel het heeft de mensheid verder gebracht op een hoger plan van beschaving.

Dit zijn echter geen inspanningen van organisaties in de Vrijmetselarij, maar het zijn individuele inspanningen van Broeders die door het gedachtegoed van de Vrijmetselarij zijn geïnspireerd.

Het zijn daden van Broeders die hun taak in de wereld serieus nemen en doen wat er gedaan moet worden. Dit indachtig aan de opdracht van de Vrijmetselarij.

Los te komen van dogma`s, te geloven in een vrije geest en niet schuwen dat te doen wat nodig is om positieve effecten op de mensheid te bereiken.

En is dat een Parallelle Wereld ? Ja en Nee.

De Vrijmetselaar ontvangt zijn kracht en wijsheid tijdens ritualen vanuit het Oosten, maar zijn taak ligt in het Westen, in de wereld.

Door het midden van de Tempel, van het Oosten naar het Westen, loopt de LINEA SACRA.

De Heilige Lijn.

Het is de smalle scheidslijn tussen Goed en Kwaad.

Onze taak is het op die smalle lijn te blijven, het goede na te streven en te handelen in de rechte verhouding.

In het Westen, in de wereld, zal men over ons oordelen: hebben we daar onze talenten op een dusdanige wijze gebruikt dat de wereld en de mensheid een klein stukje beter zijn geworden?

Als wij eens zijn opgenomen in het Eeuwig Oosten. Hoe zullen we dan worden herdacht? Zullen onze daden dan van ons getuigen?"

179

VRIJ WORDEN

Opa Jan had een afspraak met An om naar een voorlichtingsbijeenkomst van de Vrijmetselarij te gaan. Opa was gevraagd om daar voor belangstellenden een toespraak te houden en dit was dus bij uitstek een gelegenheid voor An om ook wat meer over die geheimzinnige Vrijmetselarij te horen.

Ze hoorde er vaak over, maar nu wilde ze dit wel eens zelf meemaken. De raarste verhalen deden immers de ronde over de Vrijmetselarij en er bestonden zoveel verhalen en complottheorieën dat ze nieuwsgierig geworden was.

Er was veel belangstelling, veel jongelui maar ook wat ouderen, al of niet vergezeld door hun partner.

Nadat iedereen in de Tempel had plaats genomen, nam Opa het woord:

"Dames en Heren, jongelui, hartelijk welkom hier in de vrijmetselaarloge. Dit weekend heeft deze Loge een Open Weekend voor belangstellenden met de bedoeling u en anderen te informeren over de Vrijmetselarij en wat die voor u kunt betekenen.

Allereerst wil ik me even voorstellen, mijn naam is Jan. Mijn achtergrond is gepensioneerd ziekenhuis directeur en oud voorzitter van de Loge.

U bevindt zich op dit moment in de Werkplaats, de Tempel, van de Loge; hier vinden de inwijdingen van de kandidaten plaats; het is een plek omgeven door mystiek en ik zal proberen u dat uit te leggen.

Allereerst wat over de geschiedenis van de Vrijmetselarij:
De eerste beschrijvingen van de Vrijmetselarij zijn al te vinden in de vroeg Christelijke tijd en zelf die van de Egyptenaren daarvoor.
Uit diverse publicaties zoals *"the Temple and the Lodge"* van Michael Baigent en Richard Leigh en de Da Vinci Code van Dan Brown zijn vele aanwijzingen te vinden.
Maar vooral in het recent uitgekomen boek *"De Geheime Geschiedenis van de Wereld"* van Jonathan Black wordt er een boekje opengedaan.
Er worden vele mysteriescholen beschreven waarvan een aantal, zoals de Rozekruis beweging en de Tempelieren, vaak in relatie gebracht worden met de Vrijmetselarij.
Daar is heel veel over te vertellen, ook de link naar het ontstaan van de Verenigde Staten, maar dat zou in dit verband te ver voeren.
Want het gaat feitelijk niet om de naam van de organisatie, maar om hun doelstellingen en ideeën die dicht aanleunen tegen die van de Vrijmetselarij.

De Vrijmetselarij bestaat dus al vele eeuwen en is, zoals algemeen wordt erkend, het meest zichtbaar geworden in de zogenaamde Bouwgilden.

Deze trokken rond door Europa voor de kathedralenbouw en omdat men in die tijd nog niet kon lezen werden geheime tekens en woorden gebruikt om zich kenbaar te maken en om ook het onderscheid tussen leerling, gezel en meester te kunnen maken.

Na hun werk troffen ze elkaar in zogenaamde Bouwhutten, of in het Engels Lodge, wat vertaalt Loges werd.

Vandaar dat we in de Vrijmetselarij nog steeds werken met de Bouwsymboliek: u ziet in deze Tempel om u heen dan ook allerlei zaken die daarmee verband houden:

Zoals stenen, hamer en beitel, schietlood en winkelhaak, passer en rij etc.

De belangrijkste symbolen zijn de passer en de winkelhaak, u ziet ze daar op de Bijbel liggen.

De Bijbel ligt daar niet omdat we een godsdienst zijn, maar als symbool. Het is een Heilig Boek, net als er zovele zijn, die staat voor universele waarheden.

In de Lodges werden naast het werk ook spirituele, godsdienstige en filosofische onderwerpen besproken, dit was de operatieve Vrijmetselarij.

Dit sloeg aan en gaandeweg werd de werkwijze van de Lodges ook toegepast buiten de kathedralenbouw en begon in Schotland. Dit was het begin van de speculatieve Vrijmetselarij dat op die wijze een tegenwicht bood tegen de dogma`s van de starre kerkinstellingen van die tijd.

Het was voor hen een veilige omgeving om over zaken te spreken die in die tijd van belang waren, het was een vertrouwde omgeving, ze werkten zoals we dat noemen binnen de getande rand.

De eerste beschrijvingen van Lodges zijn van rond 1400, maar officieel werd in 1717 in Londen de eerste Grootloge van de Vrijmetselarij opgericht en dominee Anderson beschreef toen de Constitutieons, de uitgangspunten, van de Vrijmetselarij.
Dat is het startpunt van de Vrijmetselarij; alle Loges in de Wereld richten zich naar deze uitgangspunten.
In de eeuw van de Verlichting kreeg de Vrijmetselarij een echte push, men had behoefte aan de eigen individuele invulling van het godsbegrip en wilde zich niet meer door de Kerk laten voorschrijven hoe te denken en te handelen.

De Verlichting en de Vrijmetselarij zijn een inspiratiebron geweest voor tal van revolutionaire bewegingen.
In het verleden heeft de Vrijmetselarij veel invloed gehad, zeker in het pogen de beschaving op een hoger peil te brengen.
Denk aan de Onafhankelijkheidsverklaring van de V.S., de Universele Verklaring van de Rechten van de Mens, aan de oprichting van de Volkerenbond, aan de herinrichting van Japan en aan de Marshallhulp aan Europa na de Tweede Wereldoorlog.
In deze tijd is de maatschappelijke, laat staan politieke invloed van de Vrijmetselarij gering, maar ze kan zich

beroepen op een rijke historie waar veel beroemde mannen lid van zijn geweest.

In essentie gaat het bij de Verlichting om de verschillen tussen het esoterisch en het exoterische Godsbegrip.
In het exoterische godsbegrip is o.a. geen ruimte voor de gelovigen, het is een keurslijf waarbinnen men alles doet om God maar goed te stemmen, zodat aan het eind de beloning in het hiernamaals verkregen kan worden.
Er is geen vreugde, alleen maar angst.
Er zijn vele boeken vol geschreven over de psychische effecten hiervan op de mensen, de Gereformeerde depressie is een begrip geworden.

Er is ook een andere weg, die van de esoterie, waar geen angst voor de toekomst is maar waar nu de beloning (het resultaat) in de vorm van gelukkig zijn wordt verkregen.

Het gaat dus om de keuze tussen Vrijheid of Angst.
Dus hoe dus angst te overwinnen om werkelijk vrij te worden.

Hiermee kom ik aan de kern van onze werkwijze: *die van de leerschool tot zelfontplooiing.*

*

Waar staat de Vrijmetselarij NU:
In de huidige tijd zijn er steeds meer mensen die zich met

levensvragen bezighouden. Vragen als: Wat is de zin van mijn bestaan?, Kan ik iets aan mijn mens-zijn verbeteren?, Kan ik mijn functioneren in de samenleving verbeteren?; worden steeds vaker gehoord.

Een groeiend aantal mensen zoekt daar ook op de meest uiteenlopende manieren een antwoord op.

De Vrijmetselarij kan deze vragen niet beantwoorden. Echter wenst de Vrijmetselarij de ruimte te creëren en Vrijmetselaren te stimuleren, over deze vragen met anderen van gedachte te wisselen.

Een gedachtewisseling die geen verplichtingen met zich meebrengt, maar die er van uit gaat dat het respect voor de ander als hoogste goed geldt, en dus geen opinie oplegt. Wij gaan er vanuit dat door het contact met anderen, door u te spiegelen aan anderen, u kunt komen tot een verdieping van uw eigen leven.

De Vrijmetselarij ziet het werken aan jezelf als een belangrijke, zo niet dè belangrijkste opdracht. Boven elke tempelpoort staat *"Ken U Zelve"*, een oude tekst uit Griekenland die daar boven de Tempel van Delphi staat.

Op de achterkant staat een minder bekende tekst, maar samen luiden ze *"Ken U Zelve....en u zult God in Uzelf kennen"*

Het werken in de Vrijmetselarij maakt de weg vrij voor zelfontplooiing, waar bij het een ieder vrijstaat zijn eigen richting te kiezen.

Om dit werken te vergemakkelijken hanteert de

Vrijmetselarij bouw- en lichtsymboliek en worden rituelen gebruikt.

U weet als geen ander hoe het is om in de huidige tijd te functioneren in gezin en werk; er worden steeds strengere eisen gesteld en er worden dingen van u verwacht waar u voorheen nooit aan gedacht hebt.

En op zo`n moment kan de behoefte ontstaan u eens terug te kunnen trekken in een veilige omgeving waar u op basis van gelijkwaardigheid met gelijkgestemden kunt spreken over de dingen die u beroeren.

U ziet dat er niets nieuws onder de zon is: in de middeleeuwen heerste die behoefte ook al bij de kathedralenbouwers.

Onze werkwijze is door de eeuwen heen in essentie hetzelfde gebleven: een veilige omgeving bieden om over levensvragen te kunnen praten. Wat wij elkaar vertellen is altijd in vertrouwen en ligt morgen niet bij uw buren op straat.

Onze bijeenkomsten bestaan uit afwisselend Open Loges en Comparities.

Open Loges zijn bijeenkomsten in deze ruimte, de Tempel, hierbij worden b.v. kandidaten ingewijd met een plechtig ritueel en met muziek, zeer indrukwekkend.

Na afloop is er altijd een Tafelloge, waar ernst plaats maakt voor luim, want dat hoort er ook bij. (ong. 15 keer per jaar)

De Comparities zijn vergaderingen waar naast

huishoudelijke zaken ook altijd een lezing wordt gehouden, wij noemen dat een Bouwstuk.

Hierover wordt dan een gedachtewisseling gehouden, dat is geen discussie want het gaat niet om het eigen gelijk, maar om de uitwisseling van meningen waar een ieder wat van kan leren of opsteken. Vrijmetselaren gaan er namelijk vanuit dat DE waarheid niet bestaat. Een ieder zoekt naar zijn eigen waarheid. Dat brengt de noodzaak tot verdraagzaamheid met zich mee.(ongeveer 25 keer per jaar) We komen elke week op maandagavond bij elkaar en 1x per maand is er een instructieavond op donderdag. (in de zomermaanden zijn er geen bijeenkomsten)

Ik sprak al over Vrijheid en Angst, althans om het vinden van vrijheid en het overwinnen van angst.

Dat is nu wat in de Vrijmetselarij gebeurt: door de inwijding als Leerling, de bevordering tot Gezel en de Verheffing als Meester, worden bij de kandidaat gevoelens opgewekt die hem tot een groter begrijpen brengen.

Als Leerling leert hij in het eerste jaar van zijn lidmaatschap zichzelf kennen, in het tweede jaar als Gezel leert hij hoe zijn verhouding met de medemens is en tenslotte leert hij na zijn Meesterverheffing hoe zijn verhouding met het AL is, de grond van alle dingen.

De Vrijmetselarij is een individuele zoektocht naar eigen waarheid, dus een eigen verantwoordelijkheid, niet van de dominee of pastoor, nee van u zelf.

De werkwijze van de Vrijmetselarij is uniek, het is een ervaren van een onzichtbare bron, die je een extra dimensie geeft aan je bestaan.

Het leert je beter om te gaan met jezelf, je medemens, je gezin en al wat is.

Je kunt hierdoor beter functioneren in je werk, je gezin en de maatschappij.

De Vrijmetselarij is geen Godsdienst, nee het is een levenshouding die als volgt gedefinieerd is in onze Beginselverklaring:

> *De vrijmetselaar zoekt op wat mensen verbindt en tracht weg te nemen wat hen verdeelt, opdat het ideaal van een alles verbindende broederschap gestalte kan krijgen.*
>
> *Daarbij aanvaardt hij een persoonlijke verantwoordelijkheid ten opzichte van de wereld, die hij ziet als een te voltooien bouwwerk waarvan ieder mens een levende bouwsteen is. Hij verricht die arbeid in het licht van een hoger beginsel, symbolisch aangeduid als "Opperbouwmeester des heelals".*
>
> *De vrijmetselaar erkent de hoge waarde van de menselijke persoonlijkheid, de gelijkwaardigheid van alle mensen, ieders recht om zelfstandig te zoeken naar waarheid en ieders verantwoordelijkheid voor zijn eigen doen en laten.*

De Vrijmetselarij is een levenshouding die alle godsdiensten overstijgt en waar alle godsdiensten een plaats in kunnen hebben.

Het grote punt van verschil met vele Godsdiensten is dat wij NIET uitgaan van dogma`s, maar van een eigen individuele invulling van het begrip waarheid, van het godsbegrip en van het zoeken naar antwoorden op levensvragen.

Vandaar dat sterk dogmatische godsdiensten, zoals het Rooms Katholicisme, en de streng protestantse kerken nogal moeite met ons hebben, evenals overheden in dictatoriale landen.

Hier is de vrijheid van het individu ondergeschikt aan de macht van de kerk of de staat en dat is denk ik niet wat u wilt en waar u voor komt.

In de Vrijmetselarij werken we met symbolen om op die wijze gevoelens op te wekken en inzicht te geven, dit met het doel een persoonlijke groei te bereiken die de kandidaten verder brengen op hun levensweg, een weg met meer inzicht en een vollediger begrijpen.

De stap naar de Vrijmetselarij is een heel belangrijke, u zou daarbij kiezen voor een heel nieuwe fase in uw leven, in principe voor het gehele verdere leven dat nog voor u ligt.

Zoals wij dat zeggen: de innerlijke drang tot het willen toetreden is een voorwaarde, *U moet het zelf willen.*

Vandaar dat de procedure erop gericht is om teleurstellingen, bij u of bij ons, te voorkomen.

Bij uw eventuele inwijding sluit u (theoretisch gezien) in wezen een verbond voor uw ganse leven, een verbond met uzelf in een poging om meer van en over uzelf te begrijpen.

Vandaar dat we het van groot belang vinden dat uw partner achter uw keuze staat, anders wordt het niets.

Er zijn trouwens ook Loges voor vrouwen en ook gemengde loges, deze loge is uitsluiten voor mannen, landelijk zijn er zo`n 6000 lid.

De keuze om alleen met mannen samen te komen is historisch bepaald, u moet daar niets achter zoeken, er zijn even zovele vrouwenclubs.

Vertegenwoordigers van de gemengde Loges of Loges voor uitsluitend vrouwen zijn vandaag ook hier aanwezig.

In een Loge, in de hele Vrijmetselarij, zullen er meer mannen (of vrouwen) zoals u zijn en ze helpen elkaar om die weg te gaan en op die wijze worden ze een BEZIELD VERBOND.

Een verbond waar je voor gekozen hebt en waar je je goed in voelt, die je verder helpt op die moeilijke weg die leven heet.

Het gaan van die weg geeft je een gevoel van vrijheid, het leert je je angst te hanteren en geeft je daarmee een andere uitstraling: die van een VRIJ MENS.

Vrijmetselarij is een Broederschap die mannen (of vrouwen) zoals u helpen richting te geven aan hun leven, het is natuurlijk ook een gezelligheidsclub en we helpen elkaar waar dat kan.

Het begrip Vrijmetselarij roept meestal vele vragen op, meer dan ik nu in dit korte tijdsbestek kan behandelen.
Na afloop zijn mijn medebroeders en ikzelf, graag bereid die te beantwoorden, maar ik hoop u duidelijk te hebben gemaakt dat een eventuele keuze voor de Vrijmetselarij vooral belangrijk is voor uzelf: u kiest hiermee voor uzelf, om uw eigenlijke ik te ontdekken, hoe u zich verhoudt tot uw medemens - van wel geslacht of ras dan ook - en hoe uw plaats is in de kosmos om u heen.

Meer, maar ook niet minder, kunnen we u niet bieden.

Ik dank u voor uw aandacht."

*

Opa beantwoorde nog een aantal vragen waarna men onderling in gesprek ging onder het genot van een glas wijn. An was verrast door de prettige sfeer die er hing en was blij dat ze meegegaan was.
Ze mengde zich nieuwsgierig in de discussies en gaandeweg werd haar van alles duidelijk.
Teruggekomen in het Rosa Spier Huis werd er natuurlijk nog volop nagepraat.

ER IS EEN ZEKER WETEN

Dat er een doel is in dit leven, een doel wat ons voor ogen staat, een doel dat ons uitzicht biedt op een toekomst op een zeker weten.

Het is niet zo dat we alleen maar kunnen rondfladderen en kunnen doen wat we willen, dat lijkt wel zo en we zien velen om ons heen die denken met deze houding het te kunnen redden.

Maar wat zien we, ze dwalen en raken onzeker want ze weten niet waar ze het voor doen en ze weten niet of er een nut in hun leven is. Ze worden onzeker en om dat op te lossen grijpen ze naar hulpmiddelen en gaan spuiten en slikken om toch enige zekerheid te ervaren.

Het belangrijkste is om in het leven te voelen dat je inbreng een nut heeft, een toegevoegde waarde. Dat kan heel basaal zijn door de vreugde in het gezin, door je partner, door je kinderen, je kleinkinderen en je pleegkinderen.

Het op mijn leeftijd mogen oppassen op de kleinkinderen is werkelijk een godsgeschenk, net zo als dat voor vele grootouders van deze tijd is.

Persoonlijk denk ik nog altijd met vreugde terug aan het passen op onze Demi en Milan.

Het kan zijn door de waarde die je meebrengt in de organisatie waar je werkt, door de omgang met de collega`s, door wat de organisatie voor de maatschappij betekent en het aandeel van jou daarin.
Het kan zijn in het vrijwilligerswerk als je je medemens helpt met zijn of haar problemen en ziet dat ze de weg omhoog weer vinden.

Ook het helpen van de medemens en vrienden kan een positieve impuls geven, ik denk aan mijn pleegdochter e.a.
Of in de vereniging waar je lid van bent, of je nu vreugde brengt door in de harmonie te spelen of in het organiseren van zaken, of door het opzetten van een website, het kan je voldoening geven.

Zelf heb ik veel voldoening in de Loge van de Vrijmetselarij, in de omgang met de broeders, in het bestuurswerk, in de functie van voorzitter als ik toespraken houd, in de bezoeken die ik in het buitenland heb afgelegd.
Zoals in de Grand Temple in Londen, een immens grote tempel - gemaakt voor het Gemenebest - waar ik een prachtige inwijding mocht meemaken en waar een gigantisch orgel magistrale muziek liet horen.
Voldoening ook in het bestuurswerk van maatschappelijke organisaties als verpleeghuizen en bejaardenoorden e.d.; je voegt dan wat toe voor de medemens.

Beleef vreugde in het ontmoeten van mensen in verre en mooie landen, het verruimt je blik op het leven.

Al die zaken - en het zijn maar voorbeelden - kunnen je leven een positieve impuls geven, je een persoonlijke groei doen doormaken en je dus voldoening geven zodat je weet dat je handelen het verschil maakt.

Gebruik je talenten voor het Grote Werk dat Leven heet !
Doe wel en zie niet om, zou ik willen zeggen aan het eind van dit boek. Een boek dat een mengvorm is van de beschrijving van een deel van mijn persoonlijk leven en mijn zoektocht naar het Schone in al zijn vormen.

Met de woorden van Henri Hoorn op de volgende bladzijde wil ik besluiten:

Plots werd voor hen gedoofd het godd`lijk Licht,
Het licht in `t hart, dat zij hebben uitgedragen
Zij voelden het daarbij als Heil`ge plicht
De medemens in het Geloof te schragen.

Met grote Liefde werd die taak verricht.
Zij gaven zichzelf steeds zonder vragen.
Voor hen was ook van `t allergrootst gewicht
Te geven Hoop, hen die geen uitweg zagen.

In steeds weer Hoop, Geloof en Liefde geven
Hebben zij zich waarlijk Grootmeester betoond !
Ons zij de plicht hun voorbeeld na te streven,

Dan wordt door ons hun mets`laars-werk beloond
Zij mogen nu het Eeuwig Licht beleven,
Daar, waar ons aller Grote Meester troont.

Bijlage: BRONVERMELDING

Hartelijk dank voor de informatie en de foto`s op de volgende bronnen:

- Woudkapel 5 maart 2006, preek Meindert Boersma
- Woudkapel 22 april 2007, preek Meindert Boersma
- "De Geheime Geschiedenis van de Wereld" door Jonathan Black.
- "De Tempel en de Loge" door Michael Baigent en Richard Leigh.
- "De Geheimen van Dan Brown" door Greg Taylor.
- Interview met Gigi Sage in Dagblad De Pers van 13 oktober 2009
- "Skulll & Bones, de geheime macht van Amerika's elite" door Andreas Von Rétyi
- www.rosaspierhuis.nl
- www.wikipedia.com
- www.boekenstand.nl

En alle overige bronnen